DOUZE NOUVELLES.

2942

~~~~~~~~~~~~

I.

y^2

LA plupart des contes, dont j'offre le recueil au public, a déjà paru dans le Mercure ; celui intitulé *le Songe ou l'amour muet* fut inséré il y a quelques années dans la Bibliothèque des romans et *le vieux célibataire* le fut en grande partie dans les *Archives littéraires*. Tous ont été retouchés avec grand soin, et quelques-uns, que j'avais réduits pour le Mercure, sont plus longs dans ce recueil, tel que *l'Aveugle* dont il n'a paru que les deux premières parties. L'accueil qu'on a bien voulu faire à ces petites nouvelles m'a décidée à les rassembler. Tout le monde ne souscrit pas au Mercure ; elles

auront donc le mérite de la nouveauté
pour beaucoup de lecteurs, et ceux
qui ont bien voulu les lire avec indulgence et plaisir, seront peut-être
bien aises de les retrouver mieux
soignées et pas disséminées dans les
numéros d'un Journal, mais j'espère
retrouver encore la bienveillance
dont j'eus déjà tant de fois à me louer
et dont j'aime à témoigner ma reconnaissance à mes lecteurs.

Isabelle DE MONTOLIEU.

LES DOUZE NOUVELLES.

~~~~~~~~~~~~~~~~~~~~~~~

PREMIERE NOUVELLE.

~~~~~~

SOPHIE ou L'AVEUGLE.

Récit de Henri de P*** à vingt-cinq ans.

J'AVAIS un ami d'enfance, que j'aimais comme on aime son ami dans cet âge heureux où l'amitié tient une si grande place dans la vie. Je pouvais à peine alors passer deux heures éloigné de Charles, et il y avait treize ans au moins que nous étions séparés. Comme ce n'est point mon histoire que je veux écrire, il est inutile de raconter quelle circonstance très-ordinaire dans le cours de la vie avait causé cette longue séparation, non plus que celle

T. I.   1

qui nous réunit pour quelques instans. Dans les commencemens nous
nous écrivîmes des lettres qui ne
finissaient pas, elles devinrent toutes
les années plus courtes et plus rares.
Enfin elles avaient à-peu-près cessé,
mais le sentiment qui liait nos cœurs
subsistait toujours. Il se réveilla chez
moi avec une extrême vivacité,
quand des affaires me rappelèrent
le pays que j'avais quitté à ma dou-
zième année et que Charles habitait
encore. J'appris qu'il n'était point
marié, et qu'il occupait une agréable
habitation dans les faubourgs d'une
petite ville auprès d'un oncle, dont
il soignait la vieillesse : je me faisais
un plaisir d'aller le surprendre, et
de passer quelque tems avec lui,
mais le but et le terme de mon
voyage étaient fixés ; je ne pus effec-

tuer ce projet que deux jours avant celui où je devais retourner chez moi.

Je me mis en route pour le lieu de sa demeure. A mesure que j'en approchais, les années de notre séparation s'effaçaient si bien de mon esprit, que je crus de bonne foi l'avoir toujours aimé avec la même tendresse ; j'oubliais tous les jours heureux que j'avais passés loin de lui, et celui où j'allais le revoir me parut le seul qui méritât ce titre ; j'oubliais aussi que ce bonheur ne durerait que quelques heures, et mon cœur devançait celle où je le serrerais dans mes bras. J'arrive, je me fais annoncer, et j'ai retrouvé mon ami aussi tendre, aussi affectueux qu'aux jours de notre enfance. Nous serions-nous reconnus si nous

nous étions rencontrés par hasard ? je n'ose l'affirmer, mais il me semblait que nous étions encore les mêmes, et lorsqu'il me proposa de me promener avec lui dans un beau jardin derrière la maison : je le suivis avec autant de joie que dans celui qui était jadis le théâtre de nos courses et de nos jeux. Mille détails du tems passé et des heureuses années de notre enfance, se présentèrent d'abord à notre imagination. Aux douces larmes du premier embrassement, avait succédé la gaieté produite par nos souvenirs ; nous parlions tous les deux à la fois. Te souviens-tu, te rappelles-tu, comme tu grimpais aux arbres, comme tu sautais le ruisseau, etc., etc. ? et peu s'en fallait que nous ne fissions encore de même. Peu à peu cependant notre babil cessa, un sentiment plus calme lui succéda, il était mêlé d'une sorte de tristesse qui n'était pas sans douceur. Au bonheur de nous retrouver se joignait un sentiment vague de regret sur ces années de notre insouciante enfance, écoulées sans retour; de ces années qui ne laissent que des souvenirs d'innocence et de plaisir, où si peu de choses rend heureux, où les peines sont si vite effacées, où tout est à la fois espérance et jouissance, où l'on sent croître ses forces, se développer ses facultés; où les sentimens si purs et si vrais de la nature et de l'amitié remplissent seuls le cœur, et font passer des momens si doux; âge fortuné et si vite remplacé par celui des passions tumultueuses et des orages, et cependant combien au milieu de ces orages la

Providence accorde encore de beaux jours à celui qui sait en jouir avec la simplicité de l'enfance ! J'appris dans cette soirée une grande vérité, c'est qu'il n'y a point de situation, quelque cruelle qu'elle puisse être, point de malheur, (le remords seul excepté) dont on ne puisse trouver le dédommagement et la compensation quand on les cherche avec force et persévérance, et qu'on ne s'abandonne pas au désespoir. Combien de gens détestent la vie pour des chagrins imaginaires, ou pour des malheurs qu'un instant peut réparer ! Ah ! le vrai malheureux est presque toujours le plus résigné, il trouve des forces pour supporter un malheur sans remède, et dans ses peines même il découvre enfin quelque côté avantageux. Je l'ignorais encore, et

ce n'était pas alors que je faisais ces
sages réflexions ; toute idée de peine
était éloignée de ma pensée, et le
monde et la vie me paraissaient le
paradis terrestre dans sa beauté pri-
mitive. C'était une des plus belles
journées du printems, un de ces jours
parfaitement purs et screins, où l'on
respire avec plus de facilité, où l'existence est plus légère ; à côté de mon
ami, errant dans ce beau jardin,
mon bras passé dans le sien, j'éprouvais un sentiment de bonheur si pai-
sible et si doux, qu'il aurait pu, en
quelque sorte, donner l'idée de celui
de l'autre vie. La nature semblait
être parée pour une fête ; un air frais
et vivifiant nous environnait et nous
apportait le parfum des fleurs ; les
arbres en étaient couverts, et paraissaient d'immenses bouquets variés ;

le bel amandier , le brillant pécher
avec leurs guirlandes couleur de rose
animaient la blancheur de neige des
poiriers et des cerisiers ; dont les
pétales légères tombaient en tour-
billonnant à nos pieds, et nous faisaient marcher sur un tapis fleuri ;
le pommier plus charmant encore
courbait avec grâce ses branches
chargées de boutons nuancés de
blanc et de pourpre , entremêlés de
feuilles d'un verd naissant ; les oiseaux au-dessus de nous chantaient
leurs hymnes d'amour ; le papillon
aux ailes bigarrées volait d'une fleur
à l'autre ; tout ce qui nous entourait
offrait un spectacle animé , ravissant ,
et dont je jouissais avec délices. Tout
à coup, comme pour ajouter encore
à mon enchantement, une mélodie,
qui me parut venir du ciel , se fit

entendre ; après quelques accords sur un clavecin organisé, la voix la plus touchante, la plus harmonieuse chanta avec une expression indéfinissable cette strophe, qui répondait si bien à mon exaltation du moment :

Qu'elle est belle la nature !
Comme elle parle à nos cœurs !
La voilà dans sa parure,
Et sous sa robe de fleurs.
Les oiseaux dans le bocage
Célèbrent par leur ramage
Du doux printems la beauté ;
Et moi du Dieu que j'adore,
Tant que je respire encore,
Je chanterai la bonté.

Dans la disposition de mon cœur il aurait fallu moins que cela pour m'émouvoir fortement, je respirais à peine, je sentais mes yeux se remplir de larmes : au nom du ciel,

Charles, dis-je en lui serrant la main,
quel est l'ange qui chante ainsi?

— C'est.... c'est une aveugle,
me répondit-il; et je connus au son
de sa voix qu'il était aussi attendri
que moi. — Une aveugle, m'écriai-
je! bonté du ciel, c'est une aveugle
qui célèbre avec cette expression la
beauté de la nature et le bonheur
d'exister! Une aveugle, dis-tu! l'est-
elle de naissance, ou par accident?
la connais-tu?

— Elle est ma voisine et mon amie
depuis trois ans : je la vois tous les
jours, et je puis t'assurer que j'ai
puisé dans ses entretiens plus de sagesse, plus de vraie philosophie,
plus d'idées saines, justes et sublimes,
que dans tout ce que j'avais lu avant
de la connaître : tiens, regarde cette
maison qui touche à la mienne, au

second étage, ces deux croisées ou-
vertes, c'est sa chambre. En effet,
une charmante ritournelle, suivie
d'une seconde strophe, se firent encore entendre de ce côté : je n'écou-
tai plus que la voix, et je n'ai pas
retenu les paroles.

Elle est jeune ? dis-je à mon ami,
lorsqu'elle eut cessé ; sa voix l'indi-
que, elle est si fraîche et si brillante !

— Elle a près de vingt ans, me
répondit-il; elle en avait sept quand
la petite-vérole la priva de la vue.
Ah Dieu ! m'écriai-je, à ce malheur
elle joint sans doute celui d'être défigurée? affreuse maladie! sa voix lui
reste, mais quel dommage, grand
Dieu !

— Sophie est loin d'être défigurée,
me dit Charles vivement ; elle est

charmante , et cette voix que tu
trouves si touchante, ne l'est pas plus
que sa figure; la cruelle maladie qui
l'a rendue aveugle n'étoit point de
la plus mauvaise espèce : un léger
mal de yeux accidentel, au moment
où elle en fut atteinte , porta sur
cette partie toute la malignité du
venin ; à peine en aperçoit - on ailleurs quelques traces légères , qui
ajoutent plutôt à l'agrément de sa
physionomie ; son visage serait parfait si ses yeux étaient ouverts. Hélas !
ils sont entièrement fermés; on peut
juger qu'ils étaient de la plus belle
coupe , des longs cils noirs indiquent
quelle en était la couleur, mais voilà
tout; ces yeux jadis si beaux n'exis-
tent plus. Sa mère m'a souvent raconté comment ils enflèrent d'abord
excessivement et furent fermés pen-

dant trois semaines ; au bout de ce tems la maladie ayant suivi son cours, l'enflure cessa, et les yeux de l'enfant ne s'ouvrirent point. Comme elle n'avait pas été très-malade , on n'avait nulle crainte ; cependant sa mère essaya de soulever cette paupière immobile : juge de son effroi, de sa profonde douleur, les yeux n'existaient plus , et la paupière retomba pour jamais !

Mon ami se tut, je lisais sur tous ses traits l'expression profonde que lui avait fait ce récit; elle n'était pas moindre chez moi : pauvre infortunée ! m'écriai-je douloureusement, si jeune encore et plongée dans une éternelle nuit ! quel doit être son désespoir !

Je le pensais comme toi, me dit Charles, et dans les commencemens

de notre connaissance, elle me faisait éprouver une tendre compassion,
suivie d'une amère tristesse; mais ce
sentiment se changea en admiration,
et comme je l'ai toujours vue gaie,
sereine, même dans ses momens de
solitude, où nous l'avons observée
sa mère et moi, sans qu'elle pût se
douter qu'elle était vue, j'ai fini par
croire avec elle, que Dieu peut donner des compensations à tous les
malheurs, et qu'il y en a même à
son état. Sa mère m'a souvent assuré
que ses parens furent cent fois plus
affligés qu'elle; cette enfant d'une
beauté rare était leur orgueil et leur
idole. « Nous en avons sans doute
été punis; ajoutait-elle, car Dieu ne
veut point d'idole : il pouvait la bri-
ser entièrement, et m'ôter à jamais
le nom de mère; dois-je murmurer

quand il m'a conservé ma fille, et
que dans sa grâce il a mis dans son
âme une lumière intérieure qui la
console de celle dont elle est privée?»
Elle me raconta ensuite comment,
lorsqu'on fut convaincu qu'il n'y avait
plus d'espoir, on chercha à habituer
peu à peu Sophie à son état de cécité; on laissa le bandeau sur ses
yeux, quoiqu'ils n'en eussent plus
besoin; on lui donna d'abord quelqu'espérance, qu'on diminuait chaque jour, en même tems qu'on aug-
mentait ses moyens de distraction et
qu'on l'accoutumait à suppléer par
son intelligence au sens dont elle
était privée, Elle en avait toujours
montré beaucoup pour son âge, et
elle remarquait tout avec une pénétration qui lui a laissé infiniment plus

de souvenirs qu'on n'en devait attendre d'un enfant de sept ans; mais
elle était d'une extrême vivacité, et
par conséquent fort étourdie et fort
gâtée, surtout par son père qui l'a-
dorait et qui survécut peu de tems
à ce malheur. Sa mère put se dévouer
entièrement à sa fille, et ces soins si
soutenus, si continuels furent pour
elle-même la plus puissante des con-
solations; leur attachement mutuel
devint plus fort et plus tendre. On
conçoit que Sophie était traitée avec
une extrême indulgence, mais son
état obligeait à lui refuser bien des
choses qu'elle obtenait auparavant au
moindre mot, et dont on cherchait
à la dédommager. Avant son malheur
elle n'intéressait guère que ses parens;
ceux des autres jeunes filles, envieux
de sa beauté et de sa gentillesse,

cherchaient plutôt à lui trouver des
défauts; à présent elle excitait l'intérêt général, et chacun cherchait à
le lui prouver : continuellement l'objet des soins les plus tendres, envi-
ronnée d'une atmosphère de sensibilité, de bonté, de prévenance, ces
qualités attachantes se développèrent
en elle au plus haut degré. Ne pour-
rait-on pas expliquer par cela seul,
pourquoi les aveugles en général sont
assez gais, et d'un caractère heureux?
ils sont si sûrs d'intéresser, et de
n'être jamais abandonnés ! leur ame
s'ouvre sans cesse à la reconnoissance,
et le besoin qu'ils ont des autres doit
nécessairement les rendre aimables.
Sophie en est la preuve, elle n'exista
plus que pour tâcher de répandre à
son tour quelqu'agrément sur la vie
de ceux qui faisaient tout pour elle,

soit par sa douceur parfaite et l'égalité de son humeur, soit en cultivant son esprit et ses talens. A force de répéter à sa mère qu'elle n'était point malheureuse, et de le lui prouver par sa gaîté, elle finit par en être convaincue elle-même, et cette gaîté douce et sans éclat, mais soutenue, devint réellement sa disposition habituelle. Sans être considérable, sa fortune lui permettait de se procurer les ressources qui pouvaient adoucir son sort et l'attacher à la vie. Un vieux ecclésiastique et un savant instituteur ont éclairé tour-à-tour son âme et son esprit par une étude approfondie des vérités sublimes de la religion, où elle a puisé ses plus consolantes pensées, et par les sciences et les lectures à la portée d'une femme. N'étant distraite par aucun

objet extérieur , trouvant un plaisir
extrême à ces leçons, elle y apportait une telle attention , que lorsque
ses maîtres l'avaient quittée, elle répétait mot à mot à sa mère ce qu'elle
venait d'entendre; sans y rien changer; celle-ci les écrivait sous sa dic-
tée, les lui relisait le soir avant de
s'endormir, et le matin en s'éveillant,
et cela suffisait pour les graver dans
sa mémoire aussi nettement que sur
le papier. Vous venez d'entendre à
quel point de perfection elle a poussé
le talent de la musique : c'est dans
cette occupation qu'elle oublie absolument qu'elle est aveugle, elle croit
voir réellement ce qu'elle exprime si
bien sur son instrument et avec sa
voix; elle répète avec la plus grande
facilité , dès la première fois , les airs
qu'elle entend , mais plus souvent

elle les compose elle-même, et quelquefois les paroles, lorsque le sujet l'inspire, telles sont les strophes qu'elle vient de chanter, et la musique y est si bien adaptée, que je la préfère aux compositions des plus grands maîtres. Comme elle a beaucoup de tems et d'activité, elle n'a pas négligé les travaux de son sexe; le tricot, la couture, la filature l'occupent quelques heures dans la journée à côté de sa mère; lorsqu'on lui range les nuances des soies et des grains, et souvent j'en suis chargé, elle les emploie aussi avec une extrême adresse. Sophie aide sa mère dans plusieurs soins du ménage, et comme elle se défie d'elle-même, et qu'elle n'a ni étourderie, ni distraction, elle fait moins de bévues et casse moins d'utensiles que bien d'autres jeunes filles avec les yeux bien ouverts. Elle s'est accoutumée à marcher avec tant de légéreté et de précision, que lors même qu'elle se heurterait contre quelqu'objet, ce ne serait jamais assez fortement pour en être blessée, mais elle semble avoir un tact particulier pour deviner les obstacles et les éviter : elle n'a nul besoin de guide. Ces difficultés vaincues ont aussi leurs jouissances pour l'amour-propre, Sophie en convient avec une aimable franchise, et met elle-même ce sentiment au nombre des avantages de son état. « Tout ce que je ne puis faire, ou ce que je fais mal, dit-elle, est une suite de mon malheur et ne peut exciter qu'une tendre pitié, et tout ce que je fais bien, cause une espèce d'admiration qui n'est pas sans plaisir ;

j'en trouve moi-même un très-vif dans des actions si faciles pour tout autre, et si souvent répétées qu'elles en deviennent indifférentes; le plus beau tableau ne peut pas plus flatter le peintre habile qui l'a exécuté, que je le suis quand maman me dit que ma couture est de droit fil, et que mon bas n'a pas de mailles écoulées, et bien plus encore lorsque je puis lui rendre un léger service ». Son ouïe, par exemple, est si exercée et si fine, que lorsqu'elle-même ou d'autres laissent tomber quelque chose, elle juge, par le bruit, de la place et de la distance, et trouve à l'instant même l'objet.

Ainsi, lui dis-je, ton intéressante Sophie est résignée à son triste sort.

Elle est bien plus que résignée, reprit Charles, elle en est contente,

et je ne sais en vérité si elle voudrait
n'avoir pas perdu la vue ; je ne. dis
pas qu'elle ne voulût la recouvrer à
présent que son caractère est formé,
si c'était possible ; mais sa prunelle
est détruite au point qu'elle n'a pas
même l'inquiétude de cette espérance, et qu'elle ne s'amuse pas à
désirer un miracle : « Qui sait, dit-
elle quelquefois, de combien de
dangers j'ai été préservée par cette
salutaire affliction ! j'étais une petite
fille mutine, étourdie, vaine ! mes
yeux noirs étaient, dit-on, très-
beaux ; j'avais déjà du plaisir à l'entendre dire ; il y a tout à parier que
plus grande j'aurais été coquette,
légère, inconsidérée, et sûrement
malheureuse ». Et ne penses-tu pas,
mon ami, que Sophie a raison? Ses
idées, ses goûts, ses désirs ont pris

une autre tournure ; elle ne connait
presque pas le mal , son ame est
restée comme une glace qu'aucun
souffle n'a ternie ; jamais aucun regard hardi ou voluptueux n'a fait
baisser les siens avec une rougeur
pénible ; et si quelques propos du
même genre blessaient son oreille ,
elle ne les comprendrait pas ; car il
y a des choses que le regard seul
peut expliquer à une ame aussi innocente que celle de Sophie. Elle s'i-
gnore elle-même, et n'a ni la vanité,
ni l'embarras de sa beauté.

C'est sa mère qui choisit et dirige
les lectures qu'on lui fait ; tu comprends donc qu'elles sont à l'unisson
de la pureté de ses pensées. Souvent
j'ai le bonheur de la remplacer dans
cette intéressante occupation , soit
chez elle , soit sous ce berceau, où

j'ai passé des heures délicieuses à pénétrer dans le trésor de l'ame de Sophie. Non, Henri, tu ne peux concevoir la sublimité de ses idées, la justesse de ses remarques, avec quelle sagacité, quelle pénétration elle saisit la pensée de l'auteur, avec quelle netteté elle la développe; les heures les plus intéressantes de ma vie sont celles où je lui rends ce léger service, dont je suis trop bien récompensé. Quelquefois aussi j'ai obtenu la permission d'assister aux leçons qu'elle donne à quelques jeunes filles du voisinage, dont l'éducation est négligée, elle les rassemble dans sa chambre, les distingue par le son de la voix, et leur parle sur la religion et sur la morale, en se mettant à la portée de leur intelligence d'une manière si persuasive et

T. I. 2

si touchante , qu'il est impossible qu'elle ne grave pas ces vérités dans leur cœur. Des amies de son âge viennent souvent aussi auprès d'elle, lui lire , lui parler , faire de petits concerts , et ces réunions animées par sa gaîté, par son esprit, sont le plus grand plaisir pour ces jeunes personnes; elles en deviennent meilleures et plus aimables; y être admise est un titre pour être préférée des jeunes hommes ; car cette fille adorable est respectée autant qu'elle est chérie dans la société; gaie avec les jeunes gens, raisonnable avec les personnes d'un âge mûr, sage avec les vieillards , elle parle à chacun son langage , avec un son de voix enchanteur , qui donne un nouveau charme à des expressions si simples, si pures, et quelquefois si sublimes.

Mon ami s'arrêta ; il avait mis dans son récit un tel feu, un tel accent de vérité, que j'étais ému jusqu'aux larmes : Charles, lui dis-je, si seulement la moitié de ce que tu dis de Sophie est vrai, comment fais - tu pour ne pas l'adorer ? Sans doute l'amour a dicté cet éloge. Charles, tu aimes Sophie.

Charles éprouva quelqu'embarras, mais il se remit bientôt : l'amitié, me dit-il, peut être aussi éloquente que l'amour, et bien plus vraie ; elle n'a point de bandeau, et j'ai peint Sophie telle qu'elle est. Sans doute je l'adore comme la plus belle image de la Divinité, mais cela même arrête toute autre pensée ; je regarderais comme un crime d'altérer la sérénité de son cœur ; heureux d'être son ami, j'apprécie trop ce titre pour

risquer de lo perdre….. Mais la voici ;
tu vas juger toi-même si j'ai exagéré….
Elle vient ; Henri, tu n'es point un
étranger pour elle, mille fois je lui
ai parlé du compagnon de mon enfance.

Charles ouvrit la porte de la grille
qui séparait les deux jardins, et il
alla au-devant d'elle. Je fus d'abord
frappé de l'élégance de sa taille svelte
et de la légéreté de sa démarche ;
elle était vêtue de blanc : sa figure
avait quelque chose d'aérien et de
céleste ; je croyais voir un de ces
anges qui visitaient nos premiers parens dans le jardin d'Eden, et j'étais
tenté de me prosterner. Lorsqu'elle
fut plus près de moi, cette impression ne s'affaiblit pas ; son visage,
éblouissant de fraîcheur et de jeunesse, avait une expression qu'il est

bien difficile de rendre par des paroles ; ce n'était pas dans ses yeux que
se peignoit son ame, puisqu'ils étaient
fermés, mais on la retrouvait dans la
parfaite harmonie de ses traits, dans
le tour de son beau visage ovale,
dans son teint si pur, si transparent,
dans son sourire surtout, qui disait
tout ce qu'on aurait pu lire dans ses
yeux. Un grand chapeau de paille
les couvrait à demi, mais ce qu'on
voyait n'avait rien de défectueux ni
de pénible ; ils étaient doucement
fermés ; à quelques pas on aurait pu
les croire seulement baissés ; et lorsque leur immobilité détruisait cette
illusion, on aurait pu la prendre pour
le modèle personnifié d'un de ces
beaux rêves que la providence en-
voie quelquefois aux hommes pour
donner une idée du bonheur qui

leur est destiné. Repos, innocence,
contentement intérieur, sérénité parfaite, voilà ce que sa physionomie
exprimait, et il était impossible de
la regarder sans la plus vive émotion.

Elle s'arrêta avec une nuance d'embarras lorsque mon ami fut près d'elle ;
je n'avais fait que quelques pas avec
Charles, sans prononcer un seul mot;
mais l'extrême finesse de son ouïe
lui fit connaître que deux personnes
s'avançaient : vous n'êtes pas seul,
dit-elle à Charles.

Non, Sophie, je suis bien heureux aujourd'hui, je puis présenter
à mon amie cet ami d'enfance dont
je lui ai parlé si souvent, et que j'ai
retrouvé.

Ah! c'est Henri, dit-elle tout de
suite en souriant. Vous voyez, Monsieur, que je sais votre nom; c'est

vous dire qu'on a parlé de vous dans
ce jardin , et que l'amitié vous y a
souvent appelé.

Je serrai la main de Charles contre
mon cœur; combien je lui savais gré
d'avoir parlé de moi à l'intéressante
Sophie ! Nous la fîmes asseoir sous
le berceau de feuillage , et là com-
mença un entretien que je n'oublie-
rai de ma vie : non-seulement il confirma tout ce que Charles m'avait dit
de cette femme si supérieure aux
autres femmes, mais il m'inspira pour
elle un sentiment d'enthousiasme et
de vénération qui ne ressemblait à
rien de ce que j'avais éprouvé jusqu'alors.

Comme je ne puis transmettre à
ce froid papier ni le son de sa voix,
ni son sourire, pas même ses propres termes échappés à ma mémoire,

je me garderai bien de répéter et d'affaiblir ses paroles et ses réflexions sublimes sur divers sujets ; quelques mots seulement sur sa situation pourront donner une idée de sa manière de l'envisager.

Je ne sais par quelle maladresse, suite sans doute de mon émotion, il m'échappa de parler de la beauté des objets qui nous environnaient, des arbres en fleurs, de la richesse du parterre ; j'avais oublié que je parlais à quelqu'un qui ne pouvait en jouir ; cette idée me vint tout-à-coup, et je m'arrêtai avec embarras au milieu d'une phrase. — Continuez, me dit-elle, avec son charmant sourire, je suis moins étrangère que vous ne le pensez à tous ces objets, et je les vois peut-être plus beaux que vous, au travers du prisme de mon imagi-

nation, aidée de quelques souvenirs.
Je suis bien plus heureuse qu'une
aveugle de naissance, qui ne peut se
former une idée de rien, et qui doit
être dévorée de curiosité et de désirs ; je me rappelle de tout, assez
pour en jouir encore en idée, et
pour comprendre les descriptions des
poëtes et l'enthousiasme de mes amis.
Sans doute j'ai des privations, suivies
quelquefois de regrets ; mais je pense
alors avec reconnaissance combien il
y a d'êtres plus malheureux que moi,
retenus dans leur lit par des maladies,
enfermés dans des prisons obscures,
jouissant de tous leurs sens, de toutes
leurs facultés, et ne pouvant en faire
usage. Il leur reste l'espoir, me direz-
vous ; et moi aussi j'ai l'espoir, que
dis-je ! j'ai la conviction que le jour
viendra où mes yeux seront ouverts

et pourront contempler des merveilles bien au-dessus de celles de
ce monde d'un instant. Un chemin
obscur que je parcours quelque
tems me conduit à une lumière éternelle ; mais ne croyez pas que ces
yeux fermés ne voyent aucun objet,
ils se les représenteut tous. Peu de
jours avant la maladie qui m'a ôté la
vue, je fus à la campagne avec mes
parens, et quoique bien jeune encore, l'impression de cette journée
ne s'est jamais effacée ; pourquoi ne
croirais-je pas que Dieu lui-même,
dans sa bonté, voulant adoucir l'é-
preuve qu'il me réservait, a gravé
ainsi fortement ces souvenirs dans
ma mémoire enfantine ? Nous par-
tîmes avant l'aurore, je vis le lever
du soleil et les brillantes couleurs de
l'horizon ; c'était dans cette saison ;

je vis aussi les fleurs nuancer les
prairies et blanchir les rameaux. Dans
la journée il y eut un orage, je vis
l'éclair sillonner la nue et le ciel se
couvrir d'un voile d'épais nuages ;
après une pluie abondante je vis le
soleil reparaître dans toute sa gloire,
et les gouttes d'eau étinceler sur le
feuillage. Nous revînmes le soir au
clair de la lune, sa course rapide
m'amusait, et je la regardais sans
cesse ; je crois voir encore ce beau
globe argenté rouler dans la voûte
des cieux au travers des nuages, se
cacher, reparaître, et scintiller dans
les eaux d'un lac qui bordait la route.
Je n'ai rien oublié, et mille fois ces
images et d'autres encore que je ne
puis définir, sont venues embellir
mes songes ou animer ma solitude.
Pour moi les arbres et les prairies

sont toujours fleuris; pour moi la
lune est toujours dans son plein,
roulant sous la voûte éthérée, et
répandant sur la nature sa lumière
égale et tranquille. Lorsque j'entends
gronder la foudre et siffler les vents,
je vois bientôt le soleil radieux qui
revient consoler la terre et sécher les
feuilles humides; l'orage n'a pour
moi que la durée du seul que j'ai
vu. Non, mes amis, je ne suis point
malheureuse. Dieu m'avait donné des
yeux, Dieu me les a ôtés; mais combien de dédommagemens il m'a laissés! je puis encore l'adorer dans ses
œuvres. Est-ce que je ne respire pas
ainsi que vous cet air si pur et si
doux? ne sens-je pas aussi le parfum
des fleurs? n'entends-je pas aussi le
concert des oiseaux? et bien plus
encore, n'ai-je pas une mère et des

amis qui font le charme de mon existence , à qui peut-être la privation
de mes yeux et leur tendres soins
me rendent plus chère encore ? On
s'attache si fort par les bienfaits que
l'on répand ! Ah ! s'il est vrai que je
sois meilleure et plus aimée que je
ne l'aurais été , m'est-il permis de
me plaindre , et n'ai-je pas plus
gagné que perdu ? O mon Dieu ,
dit-elle , en joignant ses mains
élevées vers le ciel , je serais bien
ingrate si je murmurais du sort que
vous m'avez réservé, si je ne sentais
pas tous les bonheurs qui me restent.

Charles et moi étions attendris
jusqu'aux larmes, elle s'en aperçut
à notre respiration. — Vous pleurez,
nous dit-elle, ces larmes sont douces,
car c'est sans doute la bonté de Dieu
qui vous touche ; je veux, comme

ces oiseaux , la célébrer par mes
chants ; puisque ma voix vous a plu,
je vais, si vous le voulez, vous apprendre cet hymne qui vous rappel-
lera l'aveugle et cependant l'heureuse Sophie. Elle chanta à demi-
voix et lentement la même strophe
que j'avais entendue : je la répétai
avec elle , et jamais encore je n'avais
senti mon ame pénétrée de l'existence de Dieu comme en cet instant; j'avais le bonheur de n'en avoir
jamais douté ; mais s'il y a des athées
(ce que j'ai peine à croire) , qu'ils
écoutent Sophie aveugle célébrer la
beauté de la nature et la bonté de
Dieu, et ils abjureront bientôt leur
erreur.

Les heures s'écoulaient, Sophie
voulait rentrer auprès de sa mère ,
et je me rappelais que ce soir même,

j'allais quitter peut-être pour jamais
cet ange qui m'était apparu un instant; cette idée oppressa tellement
mon cœur, que je ne fus pas le
maître de ma douleur. Je pris le
bras de Sophie, je l'inondai de mes
larmes, je le couvris de mes baisers. —
Sophie, ange du ciel, lui dis-je,
priez pour moi et ne m'oubliez pas. —
Jamais, dit-elle en serrant ma main;
n'est-ce pas Charles? il sera souvent
avec nous sous ce berceau. Charles,
aussi très-ému, s'était un peu éloigné,
il se rapprocha lorsqu'il s'entendit
nommer. — Adieu, mes amis, adieu,
nous dit-elle en se levant. Charles
voulait lui donner le bras. Restez
avec votre ami, lui dit-elle, je connais
si bien cette place! Elle nous salua,
s'éloigna doucement, à l'aide de sa
main trouva la porte grillée, et fut

bientôt dans la maison. Je pris le bras de mon ami, et je m'éloignai en silence. — Charles, lui dis-je au bout de quelques momens, puisque depuis trois ans tu vois Sophie tous les jours, et que tu as conservé ta raison, tu ne la perdras jamais ; je me trompais quand je t'ai cru amoureux d'elle, je ne l'avais pas vue, je ne l'avais pas entendue ; non, ce n'est pas un amour terrestre que Sophie peut inspirer. Il soupira sans me répondre ; je m'arrachai de lui, de ce jardin, il en était tems. Si Sophie était restée une heure encore, je ne sais ce que serait devenue l'affaire importante qui me rappelait chez moi.

L'image de l'intéressante aveugle m'y suivit, et ne me quitta plus ; d'abord elle anima ma solitude, en-

suite elle me la rendit insupportable ;
j'en vins enfin à m'avouer à moi-
même que sans elle il n'existerait
plus de bonheur pour moi. J'étais
riche , indépendant , la mère de
Sophie devait désirer de l'établir
avant sa mort..... mais.... Charles.....
Ah ! sans doute, Charles n'y pensait
pas , puisqu'après l'avoir vue trois
ans tous les jours il était libre :
j'allais lui écrire pour le charger
d'offrir à son amie ma main et ma
fortune , lorsque je reçus la lettre
suivante :

« Partage mon bonheur, mon cher
» Henri , je suis le plus heureux des
» hommes, et bientôt je le serai plus
» encore. Sophie est à moi, Sophie
» m'aime , Sophie consent à devenir
» ma compagne adorée ! C'est moi ,
» c'est ton heureux ami qui sera son

» guide et son appui sur cette terre ;
» c'est elle qui sera l'ange tutélaire
» qui me conduira avec elle aux
» demeures célestes. A qui puis-je
» mieux parler de mon bonheur qu'à
» l'ami qui connaît ma Sophie, et
» dont l'enthousiasme me dévoila à
» moi-même le secret de mon cœur?
» Non, Henri, je ne t'ai pas trompé,
» tu devinas un sentiment dont je ne
» connaissais pas moi-même toute
» la force. Le calme, l'angélique
» pureté de ma Sophie se commu-
» niquait à mon cœur, et lorsque je
» te niai mon amour, je ne me l'étais
» pas encore avoué à moi-même ; je
» savais bien que toutes les autres
» femmes m'étaient indifférentes,
» que je n'étais heureux qu'auprès
» d'elle, mais je ne savais pas en-
» core que si elle n'étoit pas à moi,

» toute à moi , je ne pourrais sup-
» porter la vie; et c'est toi qui dé-
» chiras le voile qui me cachait la
» nature de mon attachement pour
» elle. Déjà quand tu me dis : *Charles*,
» *tu aimes Sophie* , la palpitation de
» mon cœur aurait dû m'avertir que
» ce que j'appelais de l'amitié , était
» la passion la plus ardente ; mais je
» n'en sentis toute la force que lors-
» qu'au moment de te séparer d'elle,
» je te vis inondé de larmes, presser
» de tes lèvres son bras et sa main ;
» un torrent de feu circula dans mes
» veines. Je ne fus pas jaloux de
» toi , tu ne la connaissais que de-
» puis un instant , et tu allais la
» quitter ; mais je sentis alors que si
» jamais elle appartenait à un autre
» homme, c'était fait de ma vie ; je
» me promis cependant de cacher

» mon amour à celle qui me l'ins-
» pirait , jusqu'au moment où je
» serais libre de lui offrir ma main.
» Mon oncle vivait encore; la cécité
» de Sophie et sa modique fortune
» auraient été pour lui deux obs-
» tacles insurmontables ; mais sous
» le titre d'ami je redoublai de soins,
» et j'obtins enfin son entière con-
» fiance ; elle ne me cachoit qu'une
» seule chose , et ce secret était le
» même que le mien. Henri , con-
» çois-tu mon bonheur, lorsque la
» mort de mon oncle m'a laissé la
» liberté d'ouvrir mon cœur à Sophie,
» et qu'elle m'a avoué que le sien
» était à moi depuis long-tems. Je
» devrais, me dit-elle en souriant,
» mettre au nombre des avantages
» de l'aveuglement la facilité de ca-
» cher un sentiment que les yeux

» trahissent toujours : oui, Charles,
» je devais vous le cacher, quoique
» j'eusse deviné qu'il était partagé ;
» mais pouvais-je croire que dans
» mon état je serais pour vous ce
» que je voudrais être ? Vous trou-
» verez toujours en moi la tendresse
» d'une amie et l'amour d'une amante;
» mais ces soins qu'on doit attendre
» d'une épouse, je les recevrai tous
» de vous sans pouvoir vous les ren-
» dre. Tu pourras tout pour mon
» bonheur, m'écriai-je, et sans So-
» phie il ne peut y en avoir pour
» Charles. Elle céda enfin à mes ar-
» dentes sollicitations, à la certitude
» que je n'aurai jamais d'autre épouse
» qu'elle. Cet entretien qui décida
» du bonheur de ton ami, eut lieu
» sous ce même berceau, à cette
» même place où je t'ai vu si pénétré

» du prix inestimable de mon trésor,
» et où l'amitié te rappelle. C'est
» dans un mois que Sophie portera
» mon nom, et m'appartiendra pour
» la vie. Sophie si bonne, si tendre
» pour les enfans étrangers, que
» sera-t-elle pour les nôtres, si j'ai
» le bonheur d'être père? *Les nôtres,*
» ce mot seul ne te dit-il pas com-
» bien je suis heureux ? La douce
» joie de la mère de Sophie, de la
» mienne, y ajoute encore. Ma fille
» ne sera donc pas seule quand je
» n'existerai plus? me dit-elle, elle
» possédera encore les yeux et le
» cœur d'un ami. —Mon bon Henri,
» le bonheur de ton Charles passe
» toute expression, il ne me manque
» plus que ta présence. Te rappelles-
» tu combien de fois dans nos con-
» fidences enfantines je t'ai dit que

» je désirais que ma femme eût de
» beaux yeux? j'ignorais combien une
» belle ame est plus belle encore, et
» j'obtiens bien plus que je n'ai de-
» mandé. Etre l'objet du choix de
» Sophie, comprends - tu mon or-
» gueil et ma félicité? viens en être
» le témoin, et y mettre le comble.
» Viens, Sophie t'appelle aussi. Nous
» t'attendons sous ce berceau de
» feuillage que tu quittas avec tant
» de regrets, »

Ton heureux ami CHARLES.

Hélas ! ces regrets étaient plus
vifs que jamais; je jetai la lettre, je
la repris : mon cœur était partagé
entre la douleur la plus amère, et le
sentiment du bonheur de ceux que
j'aimais si tendrement. Soyez heureux m'écriai - je enfin ! Charles ,

Sophie, vous vous aimez, vous êtes dignes l'un de l'autre. Soyez heureux..... mais de long-tems je n'irai sous le berceau de feuillage.

~~~~~~~~~~~~~~~~~~~~~~~~~~~~~~~~~~~~~

DEUXIEME NOUVELLE.

(Suite de l'AVEUGLE.)

ÉLÉONORE OU LES BEAUX YEUX,

Récit de Henri de P., à trente-cinq ans.

CINQ années s'étaient écoulées, et je n'avois point oublié Sophie ; aucune autre idée de bonheur ne s'était présentée à mon esprit ; aucune autre femme n'avait fait sur moi une impression assez vive pour effacer celle de l'intéressante aveugle. Ce sentiment était entretenu par celui de Charles; il était toujours au premier moment de son enthousiasme, et ses lettres n'étaient que la répétition ou le commentaire de celle qu'il m'écrivit en m'annonçant son mariage. Il m'arrivait quelque chose de singulier avec cette correspondance ; lorsque ces lettres tardoient trop long - tems , j'éprouvais une impatience extrême de les recevoir, cette idée me poursuivait sans cesse; j'envoyais au bureau des postes avant qu'il fût ouvert, j'étais d'une humeur affreuse s'il n'y en avait point; et lorsqu'on m'en apportait une , je ne pouvais me résoudre à la lire, et je la laissais quelquefois des jours entiers sur ma table sans l'ouvrir; la couleur du cachet m'assurait que Sophie vivait encore , et c'était, ce me semble, tout ce que je désirais de savoir. Lorsqu'enfin honteux de ma faiblesse , je l'avais ouverte, au bout de quelques lignes je la rejetais avec dépit , en disant : « Sophie,

» toujours Sophie ! je suis le plus
» heureux des hommes ! » Il m'a
répété mille fois cette phrase ; eh
bien ! tant mieux ; je le sais de reste,
il me l'a tant écrit ; n'a-t-il donc rien
autre chose à me dire ? Et s'il ne
m'avait parlé ni de sa Sophie, ni de
son bonheur, j'aurais aussi pensé :
n'a-t-il donc rien de plus intéressant
à me dire ?

Fatigué cependant de ces contra-
riétés, de cette constance inutile,
de ce sentiment qui décolorait ma
vie, je cherchais à me persuader
qu'il existait plus dans l'imagination
que dans le cœur. « Comment est-il
possible, me disais-je alors, que je
croie aimer une femme que je n'ai
vue qu'une heure en ma vie ? Une
femme aimable il est vrai, mais
privée cependant du charme de ces

deux miroirs magiques , qui réflé-
chissent tous les mouvemens de l'ame
et du cœur , où l'amant et l'époux
peuvent lire à chaque instant qu'ils
sont aimés , sans que la bouche ait
besoin de le prononcer. Non , non ,
m'écriai-je , Charles veut soutenir la
gageure ; il n'est point aussi heureux
qu'il prétend l'être , et peut-être
dois-je plutôt le plaindre que l'envier.
De combien de plaisirs l'infirmité de
sa compagne doit le priver ! quelle
obscure tristesse elle doit répandre
dans l'intérieur de leur vie ! Jamais
ne rien voir ensemble , jamais n'être
frappés au même instant par ces
impressions agréables et rapides que
fait éprouver la vue d'un objet nouveau ; et combien il en est dont
Sophie , avec toute son intelligence,
ne peut pas se former d'idées , et

qu'il doit être impossible de lui faire comprendre! Je suppose même que ses autres sens si bien organisés, et dirigés par son esprit et son cœur, suppléent à celui qui lui manque, ne peut-elle pas les perdre? Est-elle à l'abri d'un nouvel accident? Si, par exemple elle perdait l'ouie, quel moyen de communication resterait-il avec elle? Sophie vieillira du moins, elle perdra sa fraîcheur et ses charmes, cette phisionomie céleste n'exprimera plus rien, ce sourire enchanteur ne sera plus qu'une grimace, et ses yeux, ce trait qui survit à tous les autres, et qui atteste qu'on a été belle, lorsqu'on ne l'est plus, ses yeux lui manqueront alors doublement, et sa vieillesse sera bien plus complète et plus rapide que celle d'une autre femme,

tandis que pour son malheur rien
ne vieillira pour elle. Et si son cœur
reste jeune encore (ce qui n'arrive
que trop souvent), elle éprouvera
le tourment d'aimer seule et de ne
plus être aimée; elle attribuera peut-
être à l'indifférence, la froideur qui
sera la suite de l'âge; elle sera malheureuse, son caractère s'aigrira,
elle rendra son mari malheureux.—
Non, je ne comprends pas que j'aie
pu désirer une femme dont le regard
n'aurait jamais pu me dire, *je t'aime*,
ni me rappeler que je l'avais aimée;
qui n'aurait pu ni me chercher au
milieu d'une foule, ni me suivre
quand je m'éloigne, ni s'animer quand
je reviens, où je ne pourrais lire ni
tendresse, ni courroux, ni crainte,
ni bonheur, et dont les yeux sont
éternellement couverts d'un voile

que l'amour même ne peut soulever.

Mon imagination, comme on le voit, avait pris le galop en sens contraire. Il faut tout avouer, je faisais ces sages réflexions en revenant d'un bal où mon inquiétude m'avait entraîné. Depuis trois semaines je n'avais point de lettres de Charles, et j'avais voulu essayer si le plaisir, ou plutôt le bruit, m'empêcheraient de chercher sans cesse toutes les raisons possibles de ce silence. Pendant quelque tems je fus plus fatigué que distrait, et plus d'une fois en voyant ce mouvement, cette agitation, je pensais en moi-même combien je serais plus heureux sous ce berceau de feuillage à côté de la tranquille Sophie, combien sa voix douce et mélodieuse, célébrant les beautés de la nature, dirait plus de choses à mon cœur, que cette musique gaie et bruyante, qui m'étourdissait sans arriver jusqu'à lui. Cependant l'air d'une valse en ton mineur me parut charmant, quelque chose m'y rappelait l'hymne de Sophie. Je ne pus m'empêcher de me mêler aux danseurs, et promenant mes regards autour du salon pour choisir une danseuse, je rencontrai les plus beaux grands yeux bruns que j'eusse vus de ma vie. Ils étaient fixés sur moi : je m'en approchai ; la danse m'obligea à faire un détour. Les deux beaux grands yeux bruns me suivirent ; ils se baissèrent en rencontrant les miens ; l'ombre d'un double rang de paupières noires se dessina sur des joues doucement colorées. Dans cette attitude la jeune personne me rappela Sophie, à qui

d'ailleurs elle ne ressemblait pas du
tout ; mais il fallait bien trouver
quelque rapport entre elles pour
m'expliquer à moi-même ce qu'aucune autre femme ne me faisait
éprouver. J'allai lui offrir d'être son
partner pour la danse ; ses yeux se
relevèrent , et je ne pensai plus du
tout ni aux cils noirs qui marquaient
la place de ceux de Sophie , ni à la
musique de son hymne ; je ne m'oc-
cupai plus que de ma belle danseure ;
ses yeux avaient une expression si
douce , si éloquente , qu'avant la fin
de la soirée je ne pouvais plus comprendre qu'il fût possible de plaire
sans deux grands yeux bruns bien
ouverts.

Le lendemain je n'envoyai pas
mon domestique à la poste , mais ,
dès que je fus levé ; j'allai moi-

même chez un ami , m'informer du nom et de la demeure de la belle aux yeux bruns. J'appris qu'elle s'appelait Eléonore de M**, que ses parens n'existaient plus, et que son tuteur , qui habitait notre ville , l'avait fait venir de sa pension, et désirait fort de l'établir. Lorsque je rentrai chez moi, le facteur y avait apporté une lettre de Charles; je l'ouvris tout de suite, et je la lus très-paisiblement d'un bout à l'autre; je souris à son éternelle phrase : «Je » suis le plus heureux des hommes. » Grand bien te fasse ! pensais - je, mais je ne t'envie plus ce bonheur. Le soir même j'eus celui de rencontrer Eléonore à la promenade ; lorsque je m'approchai, je vis dans ses yeux du plaisir et une sorte de triomphe. « Vous voyez, dit-elle aux personnes de sa société, que c'est bien M. de P..... Je vous ai vu arriver du bout de l'allée, et je vous ai reconnu avant que personne pût vous distinguer ; j'ai la vue si bonne que je ne me trompe rarement. » — Si vos yeux sont aussi bons qu'ils sont beaux, lui répondis-je, vous devez en effet avoir une vue étonnante.

J'abandonne la beauté de mes yeux, dit-elle, en riant : il y en a beaucoup qui l'emportent sur les miens, mais aucuns pour la bonté ; je vois tout, rien ne m'échappe, et tout m'amuse. Je ne cache point que j'éprouve une véritable jouissance d'amour-propre, lorsque j'ai vu ou découvert ce que d'autres ne voient pas, ou voient mal ; ce degré de perfection de plus à l'un de mes sens flatte mon orgueil. Herschel est moins fier peut-être de découvrir un nouveau monde avec son grand télescope, que je ne la suis quand avec mes yeux seulement, je vois un des satellites de Jupiter, ou l'une des étoiles qui composent la voie lactée. Je souris et je soupirai : je me rappelai que Sophie m'avait dit à-peu-près la même chose à propos de son aveuglement, et du plaisir des difficultés vaincues ; tant il est vrai que l'amour propre des femmes trouve toujours des motifs d'être content !

Les yeux perçans d'Eléonore eurent bientôt lu dans les miens ce qu'elle m'inspirait, et ne tardèrent pas à me dire qu'elle n'y était point insensible. Notre roman ne fut pas long : je lui fis un jour ma déclaration dans les formes, elle sourit en me disant : « Il y a long-tems que *j'ai vu* que vous me diriez cela. » — Et avez-vous découvert que je serais écouté, lui dis-je en prenant sa main ? Elle ne la retira pas, ses yeux se chargèrent de la réponse ; j'y lus avec transport mon bonheur, et bientôt nous fûmes d'accord : j'étais un parti sortable pour elle, *elle vit* que je lui convenais à tous égards ; ni elle, ni son tuteur ne firent d'objections, et nous ne tardâmes pas à nous unir pour la vie. A mon tour je pus écrire à Charles : « Et moi aussi je suis le plus heureux » des hommes ! Mon Eléonore a les » plus beaux yeux du monde, mais » ces yeux ne voient que moi dans » l'univers. »

Charles me répondit le courrier suivant :

« Je té félicite de ton bonheur ;
» puisse ton Eléonore ; avec ses
» beaux yeux, voir aussi bien que
» ma Sophie. »

Ma femme rit de ce souhait, et
moi aussi ; nous avions tort tous les
deux. Lorsqu'on voit tout, on court
le risque d'avoir bien plus de peines
que de plaisir, et je ne sais pas à
présent s'il ne vaut point mieux ne
rien voir, que de trop voir.

Je n'ai pas parlé de la figure de
Charles ni de la mienne. On peut
conclure de mon silence sur un sujet
aussi important, que nous n'étions
beaux ni l'un ni l'autre, et on ne se
trompera pas ; mais nous n'étions
pas laids non plus, nos traits n'avaient
rien de remarquable ni en bien ni en
mal ; nous étions bien faits, jeunes,
vigoureux, que faut-il de plus à des

hommes? Charles était grand, et taillé en force ; il avait les yeux et les cheveux très-noirs, le teint brun, et les traits assez prononcés; rien n'annonçait dans son extérieur son caractère naturellement doux et calme. Mais Sophie, le jugeant, seulement sur ce caractère, s'était fait de toute la personne de son mari un idéal de beauté tel que celui qu'on suppose aux anges, et elle le vit toujours ainsi dans son imagination, quoiqu'il fût difficile de ressembler moins à un ange, tels que les peintres nous les représentent, avec des formes sveltes, des teints transparens, et des cheveux blonds bouclés; mais qu'importe il avait tout cela pour sa Sophie, et il n'en voulait pas davantage.

J'étais au contraire élancé, mince;

mes cheveux étaient blonds, et mes
yeux bleux ; mais je n'en ressemblais
pas plus à un ange ; j'avais quelques
traces de la cruelle maladie dont on
oubliera jusqu'au nom, grâce à la
vaccine, qui n'était pas connue alors ;
il me manquait une dent, cassée par
accident dans ma jeunesse. Eléonore
eut bientôt découvert ces irrégula-
rités ; grâce à la perfection de sa vue,
elle prétendit que mon nez, que je
croyais le plus beau de mes traits,
ne formait pas tout-à-fait la ligne
perpendiculaire ; de plus, ses beaux
yeux bruns n'aimaient que leur teinte,
et mes pauvres petits yeux bleux-
clairs devinrent l'objet continuel de
ses plaisanteries.

Je l'avais conduite à une charmante campagne où je passais toujours la belle saison ; malgré tous

mes soins pour mettre en ordre
cette jolie retraite, elle se ressentait
sans doute de n'avoir pas été habitée
par une femme ; les yeux perçans
de la mienne eurent bientôt découvert une foule de choses qui y
manquaient et dont je ne m'étais
jamais aperçu. Ce fut bien pis lorsqu'elle vit le sallon ! J'y avais mis
un très-joli papier neuf du goût le
plus nouveau, mais malheureusement
il était lilas, ma femme était brune;
elle prétendait qu'au milieu de tout
ce lilas, elle était horriblement
changée, que cette couleur lui était
contraire, lui faisait mal aux yeux;
qu'elle ne pouvait exister que dans
un salon petit jaune ; il fallut bien
céder et tout changer jusqu'à l'ameu-
blement. Il en fut de même de beaucoup d'autres objets qui blessaient

son goût ou sa vue. Je n'ai jamais
connu de passion aussi décidée pour
la perfection en tout. Pendant quelque tems j'en fus enchanté ; j'avais
une sorte de respect pour ce goût
si pur , si délicat , qui ne pouvait
supporter aucun défaut , aucune ir-
régularité : mais tout a ces incon-
véniens même la perfection ; je ne
tardai pas à en être fatigué et à
prévoir que j'en serais bientôt ruiné.
Elle est rare la perfection ! on n'y
arrive pas tout d'un coup ; il faut
en approcher le plus qu'on peut ,
doucement et par gradation , et ma
difficile Eléonore n'était guère contente qu'un ou deux jours de ses
essais. Voilà qui est parfait , me
disait-elle toujours après quelque
emplète , ou quelque arrangement
nouveau ; comment ne m'en suis-je

pas avisé plutôt ? Mais dès le lendemain elle avait vu ou dans un magasin, ou dans le journal des modes, quelqué chose de plus parfait encore, et ses yeux ne pouvaient plus supporter ce qui lui paraissait si charmant la veille. Ce n'est pas ma faute, me disait-elle, si j'ai une délicatesse de goût, de vue, et un idéal de vrai beau, qui me donne, je l'avoue, une espèce d'aversion pour tout ce qui n'est pas parfait.

Aversion, ma chère Eléonore ! c'est bien fort, et je suis donc bien malheureux, moi si loin d'être parfait, et que vous ne pouvez pas changer comme un meuble ou une parure ? Elle rougit, vint m'embrasser et me dit avec beaucoup de grâce, que lorsque le cœur était

content, le goût et les yeux l'étaient
sans doute aussi , qu'on ne voyait
plus les défauts de ceux qu'on aime.
« Les vôtres sont si légers, ajouta-t-
elle , que toute autre femme ne les
aurait pas remarqués , mais vous
savez que je vois tout et que rien
ne m'échappe : du reste , je vous
jure que je les avais oubliés, que je
ne les vois plus, et que je ne voudrais rien changer à mon Henri. »

Mon Eléonore était vraiment bonne
et sensible , elle avait plusieurs qualités attachantes , et si elle avait été
aveugle comme Sophie , je ne doute
pas qu'elle n'eût fait mon bonheur :
je l'aimais passionnément , et quand
je regardais ses yeux si beaux , si
expressifs , je leur pardonnais d'être
si perçans et si difficiles ; quand elle
voulait être aimable , et il ne tenait

qu'à elle de l'être beaucoup, je lui
pardonnais de commencer toujours
par me dire lorsqu'elle rentrait chez
elle ; *Mon ami, j'ai vu,* etc., etc.
Mais j'en vins enfin à ne pouvoir
pas plus supporter cette phrase,
qu'elle ne supportait les imperfec-
tions de tout genre. Je n'étais donc
pas complètement heureux, mais
qui peut se vanter de l'être ? Le
bonheur de Charles n'avait pas été
non plus sans mélange ; sa chère
Sophie lui avait donné deux fils,
dans les trois premières années de
leur mariage. L'aîné, nommé Julien,
s'élevait à merveille; le second, appelé Victor, enfant d'une belle espérance, eut le malheur d'être asphyxié
quelques mois après sa naissance,
par du charbon allumé; les soins de
son père le rendirent à la vie, et on

ne s'aperçut pas d'abord de l'effet
de cet accident causé par la négli-
gence d'une Bonne ; mais il avait
affecté l'organe de l'ouie au point
qu'il fut entiérement détruit, et qu'il
devint impossible d'apprendre à parler
à ce malheureux enfant. La cécité
de sa mère, en lui ôtant tout moyen
de communication avec ce petit être,
doubla son malheur, et en fit une
affliction véritable, qui empoisonnait
toutes les autres jouissances de ses
dignes parens. Enfin Dieu eut pitié
d'eux et du pauvre enfant, il mourut
de la petite vérole dans sa cinquième
année. Sophie le pleura beaucoup,
car c'était son fils ; mais l'idée des
privations qu'il aurait eues, du bonheur certain dont il jouissait, la consola : sa résignation fut récompensée;
elle eut une fille, qu'elle souhaitait

passionnément, et qui, d'après leur désir et mon nom, porta celui d'Henriette.

Eléonore devint mère aussi, et j'osai me flatter que ce sentiment si doux suffirait à son cœur, qu'elle ne chercherait plus qu'à perfectionner son enfant. Dans cette espérance je supportai sans murmurer toutes les visions et toutes les fantaisies d'une grossesse qui fut assez pénible; mais elle voyait en perspective un fils qu'elle désirait beaucoup, et cet espoir lui fit tout supporter.

Un projet vague d'union avec le fils de Charles et de Sophie, qui avait alors six ans, me faisait au contraire désirer une fille; mais ma femme m'assurait si fort qu'elle ne se trompait jamais, et que nous au- rions un fils, qu'elle me l'avait persuadé. La naissance de l'enfant me rassura ; c'était une fille qui promettait d'avoir les yeux aussi beaux que sa mère. « Puissent ces beaux yeux, lui dis-je, en la bénissant, ne voir que ce qui est à leur portée ! Puisses-tu, ma fille, voir aussi bien que si tu étais aveugle ! Je te nomme au moins Sophie, et puisses-tu lui ressembler. »

Eléonore fut d'abord doublement humiliée, et de s'être trompée, et de n'avoir qu'une fille : mais ce sentiment injuste, et si peu fait pour le cœur d'une mère, dura peu; sa petite Sophie était trop jolie, et ses yeux étaient trop semblables à ceux d'Eléonore, pour ne pas flatter sa vanité et toucher son cœur. Toutes les fois qu'on lui disait que sa fille avait ses beaux yeux, elle répondait:

« J'espère au moins qu'ils seront aussi bons. » Je vis avec douleur qu'elle exerçait la vue de l'enfant de préférence à tous ses autres sens. Mais j'eus bientôt d'autres sujets d'inquiétude. Toujours animée de son désir de perfection, Eléonore ne trouvait jamais sa fille assez parfaite à son gré; après l'avoir nourrie elle-même deux mois avec succès, elle vit par hasard l'enfant d'une paysanne, c'était un gros garçon de trois mois; il lui parut plus robuste que sa petite fille. A force d'argent, elle engagea sa mère à le sevrer pour venir nourrir Sophie : le petit paysan mal soigné en mourut. Eléonore eut un dépôt de lait qui la fit cruellement souffrir, et le changement de nourrice rendit notre enfant très-malade. Cette expérience ne l'empêcha point d'en prend

T. I.   4

dre une nouvelle, et d'en changer
plusieurs fois, lorsque, pour notre
malheur, elle croyait en avoir découvert une meilleure. Il en fut de
même de tous les systèmes d'éducation physique et morale ; tantôt
elle baignait sa fille dans de l'eau
glacée pour la fortifier, tantôt dans
de l'eau chaude pour l'assouplir ;
quelquefois elle voulait qu'elle sût
lire avant de savoir parler ; un autre
jour il ne fallait rien lui apprendre
avant qu'elle fut formée ; et c'était
toujours au nom et avec l'autorité
de quelque auteur qu'elle venait de
lire, parce qu'il faut tout lire quand
on est mère, ou de quelque exemple
qu'elle avait vu, parce qu'il faut aussi
tout voir. Quand elle entrait dans
ma chambre en me disant d'un ton
solennel, « Mon ami, j'ai lu, ou j'ai

vu, » je frémissais : un instinct paternel me faisait prendre ma fille dans
mes bras, comme pour la garantir
d'un danger : j'essayais bien alors de
faire parler mon autorité de mari et
de père, mais la première, s'il faut
l'avouer, échouait d'ordinaire contre
les larmes qui coulaient des beaux
yeux d'Eléonore, et quand une fois
j'avais cédé à l'épouse, la mère ré-
clamait ses droits sur sa fille, m'assurait que c'était pour son bien et sa
plus grande perfection, et me le per-
suadait quelquefois, quoique je fusse
bien convaincu avec Voltaire, *que
le mieux est l'ennemi du bien.*

Notre petite Sophie était d'une
excellente constitution; elle supporta
sans trop en souffrir ce qui aurait tué
tout autre enfant, et parvint à sa
troisième année; heureusement pour

elle il parut alors un ouvrage d'éducation très-bien écrit et qui eut du
succès. L'auteur posait pour base de
son système , l'obligation de faire
élever ses enfans par des étrangers ,
choisis avec soin et surveillés , mais
payés pour ne pas quitter leur élève
une minute. « Des parens, disait-il ,
» ont d'autres devoirs à remplir, soit
» de familles, soit d'affaires, soit de
» société, et malgré leur zèle , leur
» tendresse, ils sont forcés de remet-
» tre quelquefois à des domestiques
» le soin de leurs enfans ; mais une
» heure de mauvais exemple , quel-
» ques mauvais principes , peuvent
» se graver dans leur jeune tête, et
» leur faire un mal irréparable. » Il
parlait aussi de celui qui peut résulter
de la prévention paternelle ou maternelle , qui voile les défauts d'un

enfant et empêche qu'on ne les cor-
rige. « L'intérêt d'une mère, disait
» cet auteur sophistique, est beau-
» coup trop vif; il doit nécessaire-
» ment aveugler : Celui d'une bonne
» gouvernante ou d'un instituteur ,
» éclaire. Ceux-ci mettent leur amour-
» propre à voir et à rectifier les défauts
» de l'intéressant petit être confié à
» leurs soins , tandis qu'une mère
» met le sien à les cacher, même à
» ses propres yeux. »

Eléonore s'engoua de ce système,
uniquement parce qu'il était nouveau
et spécieux; j'aurais eu bien des choses
à y répondre , et je n'étais rien moins
que persuadé. Qui peut en effet remplacer les yeux et le cœur d'une
bonne mère ? Mais dans mon cas
particulier je croyais que tout valait
mieux que les changemens perpétuels

de ma femme, et je ne fis aucune
objection ; j'insistai seulement, en
appuyant même sur le système, pour
qu'on fût au moins quelques années
sans chercher une meilleure gouvernante, lorsqu'on aurait eu le bonheur
d'en trouver une bonne ; je mis tous
les soins imaginables pour la trouver,
et convaincu que personne ne voyait
mieux que l'aveugle Sophie, ce fut
à elle que je m'adressai. Elle m'en-
voya une de ses élèves, simple,
douce, patiente, gaie, intelligente.
Je lui remis ma fille avec une entière
confiance, en lui recommandant seulement de ne pas l'accoutumer à dire
j'ai vu ; ce mot m'était toujours
insupportable.

Ma femme rentra dans le monde,
dont elle s'était entièrement retirée
depuis la naissance de sa fille : « C'est

moi, me dit-elle, qui dois y conduire Sophie une fois ; il ne faut pas
que j'y sois trop étrangère. » C'était
fort bien : mais Eléonore était en
tout pour les extrêmes ; je l'avais
vue à regret s'éloigner de tout pour
s'occuper uniquement de la perfection d'un enfant de deux ans; je la
vis, avec plus de regret encore ,
donner avec excès dans la dissipation,
ne pas manquer une assemblée, être
la première et la dernière à toutes
les fêtes, n'avoir plus un instant à
consacrer au bonheur domestique ,
et à ces doux entretiens du matin ;
car elle passait les matinées au lit
après avoir veillé une partie des nuits.
J'avais de plus le chagrin , dans les
courts instans où nous étions réunis,
de la trouver presque toujours de
mauvaise humeur , et mécontente

du plaisir de la veille. Ma pauvre
Eléonore avait espéré que trois ans
de retraite lui auraient rendu tout le
charme de la nouveauté, mais elle
qui voyait tout si bien, n'avait pas
aperçu à son miroir que lorsqu'une
femme a passé vingt-cinq ans, trois
années de plus se comptent sur son
visage; ses yeux étaient encore re-
marquables par leur beauté, mais
elle en trouva dans le monde qui
n'avaient que dix-sept ou dix-huit
ans, moins beaux que les siens peut-
être, mais dont le noir d'ébène ou
le bleu d'azur paraissait avec plus
d'éclat sur des teints qui ne devaient
rien à l'art. Si mon Eléonore avait
été raisonnable, elle aurait senti
qu'elle avait des moyens de plaire
qu'on ne connaît pas à dix-huit ans,
ou dont on ne sait pas faire usage :

une femme de trente ans, belle
encore, sait si bien faire oublier ce
triste *nombre :* le charme d'un esprit
plus cultivé, d'un caractère plus
formé, d'une conversation plus suivie,
d'une sensibilité plus exercée, de
talens plus développés, ont tant d'a-
vantage sur la gaucherie et la timidité
de la jeunesse ! mais il faut savoir
prendre et la contenance et le cos-
tume de son âge; ne pas rivaliser de
parure avec celles dont le premier
mérite est la fraîcheur et la beauté
des formes; chercher moins à séduire
qu'à attacher; dédaigner l'impression
du moment, pour en produire une
durable; préférer un ami sûr, et
même une amie, à une conquête,
et n'avoir d'autre prétention que celle
d'être à la fois aimée et considérée.
Oh ! qu'une femme qui saurait être

tout ce qu'elle peut et doit être à
trente ans , et même à quarante,
serait bien plus dangereuse qu'un
enfant de seize ans, quelque fraîche
et jolie qu'on veuille la supposer !
Les femmes se plaignent sans cesse
de la rapidité du tems , et de la lé-
gèreté des hommes ; il ne tiendrait
peut-être qu'à elles de les fixer , ou
du moins de prolonger leur empire.

Eléonore avait tout ce qu'il fallait
pour plaire long-tems et l'emporter
sur l'insipide jeunesse : son esprit
était original et cultivé ; elle était
bonne , aimante , et si ses yeux
s'étaient contentés de regarder autour d'eux, sans chercher à voir tout
et partout, leur empire aurait été
irrésistible. Il avait encore sur moi
toute sa force ; on a pu juger, d'après
mon long attachement pour Sophie,

que j'étais constant par caractère ;
depuis mon mariage je n'avais regardé aucune autre femme que la
mienne, avec intérêt et sentiment ;
et cependant je n'avais pu prévenir
les soupçons d'Eléonore ; d'un bout
d'un salon à l'autre ses yeux perçans
me suivaient, et si je parlais, si je
souriais à une femme, elle le voyait
à l'instant, et croyait ou feignait de
croire que j'en étais amoureux. De
retour à la maison, elle m'en parlait
avec aigreur ou plaisanterie, suivant
l'humeur du moment, mais toujours
en se vantant de sa pénétration, et
répétant que rien au monde ne lui
échappait ; le plus souvent, à force
de si bien voir, elle voyait ce qui
n'existait que dans son imagination.
« Ah ! si tu pouvais devenir aveugle,
lui disais-je quelquefois, combien

tu serais aimable ! » Je me trompais,
elle aurait porté dans son aveuglement la même inquiétude ; c'était de
la raison et du calme que j'aurais dû
lui désirer, et c'était-là ce qui lui
manquait : il y a un âge où ces deux
ingrédiens sont absolument nécessaires au bonheur, et où l'on ne
pardonne plus d'en manquer.

Jusqu'alors du moins, au milieu
de tous ces légers travers, je n'avais
eu nulle inquiétude sur sa tendresse ;
sa tête seule était éblouie, agitée ;
ses yeux seuls étaient en mouvement ;
son cœur était tranquille et tout à
moi, et cette douce assurance me
rendait, je l'avoue, fort indulgent
pour tout le reste ; j'attendais sans
trop d'impatience le tems, un peu
retardé peut-être, où la raison se
développerait, où tous ces plaisirs

vagues, sans but, sans objets, amène-
raient la fatigue et la satiété. « Alors,
me disais-je, nous nous retrouverons :
alors elle sentira le prix d'un cœur
tout à elle. » Dans cet espoir je la
laissais aller dans le monde avec une
entière confiance ; mes affaires et
mes goûts m'empêchaient souvent de
la suivre, et j'y gagnais du moins que
tous mes mouvemens, toutes mes
actions, tous mes regards n'étaient
pas vus, puis mal interprétés.

Un soir elle revint d'une fête très-
brillante : je m'attendais d'avance à
la description animée de tout ce
qu'elle avait vu, à quelques sar-
casmes sur les jeunes beautés les plus
à la mode, à quelque profonde dé-
couverte sur des sentimens mysté-
rieux, à des plaintes sur le mauvais
goût des hommes ; mais, à ma grande

surprise elle était rêveuse , silen-
cieuse ; elle ne vit pas même un
meuble nouveau qu'elle avait désiré , et que j'avais fait apporter en
son absence ; assise dans son fauteuil,
la tête appuyée sur sa main , elle ne
songeait pas même à se déshabiller.
Sa bonne mine me rassurait sur sa
santé , je crus qu'elle avait eu quelque petit mécompte, et je m'en in-
quiétais peu. Enfin , après un léger
soupir étouffé , elle me dit , *j'ai
vu...* et s'arrêta en rougissant.

— Ah ! je respire , Eléonore , et
je te retrouve : Eh bien ! ma bonne
amie, qu'as-tu donc *vu* de nouveau ?

— Du très-nouveau en effet ; un
homme parfaitement aimable !

— Ah! quel est donc ce phénix ?

— Un étranger , un Français qui
vit à Paris , on le nomme le comte
Adolphe de Launai.

— Et il a sans doute une belle figure, puisque tu *as vu* qu'il était aimable ?

Elle rougit, et reprit lentement... Mais oui : sa figure est fort bien : il a surtout les plus beaux yeux possibles.

— Je parie qu'il a dit la même chose de ceux de mon Eléonore.

Elle les baissa et ne répondit pas ; mais ce qui m'inquiéta le plus, c'est qu'elle oublia d'aller voir dormir sa fille et de s'informer si la gouvernante en était satisfaite ; c'était son habitude ordinaire en rentrant chez elle. Le lendemain ses yeux bien moins beaux, bien moins brillans, attestaient que son sommeil n'avait pas été tranquille.

Je ne suis point jaloux naturellement : souvent même j'avais joui

dès succès de ma femme, parce que
je voyais bien que sa vanité seule
était en jeu, et que la mienne en
était flattée aussi; mais cette fois il
me parut qu'il y avait autre chose
que de la vanité. J'aimais tendrement
Eléonore et sans tyrannie, j'attachois
un grand prix à être le premier objet
de ses affections, ou du moins à
n'avoir d'autre rival dans son cœur
que notre enfant; on me pardonnera donc, même à Paris; (et j'ha-
bitais une ville de province) d'avoir
eu quelques inquiétudes secrètes, et
de m'être informé dès le lendemain
de ce comte de Launai : ce qu'on
m'en dit, et ce que je vis moi-même,
ne me rassura pas. Sa figure était
superbe, son esprit insinuant et fin,
sa flatterie très-adroite; il avait une
adresse extrême à saisir le côté faible

dè la femme à qui il voulait plaire,
des yeux dont il faisait tout ce qu'il
voulait, et un talent inoui pour paraître pénétré lui-même du sentiment
qu'il voulait inspirer; on assurait que
jamais aucune femme ne lui avait ré-
sisté, et que son secret pour réussir
était d'être ou de paraître si passionnément amoureux, qu'il faisait craindre pour sa vie, et que plus d'une
femme avait été subjuguée par la
pitié, ou par la terreur, avant que
de l'être par l'amour.

J'observai sans en avoir l'air, quelles
étaient ses manières avec Eléonore.
Quoiqu'elle fût très - jolie et très-
séduisante, son caractère et les cir-
constances l'avaient mise jusqu'alors
à l'abri d'une grande passion, elle
n'en avait ni inspiré ni ressenti; j'en
étais fort épris quand je lui offris ma

main, mais je fus si vite accepté,
que je n'eus ni l'occasion ni le tems
de lui exprimer une passion véhé-
mente. La mienne d'abord calmée,
mais non éteinte, par le mariage,
avait plutôt la tournure et le langage
de l'amitié que de l'amour. Ma femme
entraînée par sa manie de voir et de
perfectionner tout ce qu'elle voyait,
m'aimant d'ailleurs, et par goût et
par devoir, repoussa plutôt que d'attirer les hommages, pendant les deux
premières années de notre union; au
moment où elle fut mère, elle se
dévoua entièrement à sa fille, s'oc-
cupa exclusivement de ses systèmes
d'éducation, et ne vit personne. A sa
rentrée dans le monde, elle fut d'a-
bord distraite par le plaisir, puis
blessée de n'être plus ni la plus jeune
ni la plus fêtée, et ce fut alors que

le beau, le brillant comte de Launai
parut s'attacher à elle ; il vanta sa
pénétration , il la pria de lui faire
connaître la société ; il lui répéta
qu'il n'avait jamais rencontré de coup-
d'œil plus juste et plus sûr que le
sien. Après avoir énivré son esprit
des louanges qui pouvait le plus la
flatter , il attaqua son cœur en lui
peignant en traits de feu la passion
violente qu'elle lui avait inspirée.
Emue , étonnée d'un langage nouveau pour elle , elle prit ces sensations pour un sentiment irrésistible ;
et cette méprise pouvait devenir bien
dangereuse à l'âge où une femme
sent que ses moyens de plaire dimi-
nuent tous les jours, et que c'est la
dernière fois peut-être qu'elle sera
aimée.

Mais M. Henri, dira le lecteur,

comment, je vous prie, avez-vous
pu connoître aussi bien, et la passion
vraie ou fausse du comte de Launai,
et les *sensations* ou les *sentimens*
de votre Eléonore ? Aviez-vous un
anneau qui vous rendit invisible, ou
bien une lunette magique pour pénétrer dans les cœurs ? — Non, je
n'eus d'autre talisman que l'amitié
sans exemple de ma céleste Sophie;
ce fut une aveugle qui vint éclairer
ma compagne et la remettre sur la
vraie route du bonheur. Je voyais,
je sentais tout le danger de notre
situation, sans pouvoir même imaginer un moyen de nous en préserver;
ma femme était sur le bord d'un pré-
cipice, et je ne savais comment l'en
retirer ; je connaissais trop bien le
cœur humain en général , et le sien
en particulier , pour n'être pas sûr

d'avance que je l'éloignerais pour
toujours de moi, en lui témoignant
des craintes, des soupçons, de la
défiance. « L'homme dangereux ;
pensais-je qui cherche à l'égarer,
me peindra comme un tyran jaloux,
au moins comme un mari despote :
à force de la plaindre, il lui persua-
dera qu'elle est malheureuse et victime ; il saura l'engager alors à des
démarches mystérieuses, et loin de
la préserver, je hâterai peut-être le
moment de sa perte. Je pouvais sans
doute l'éloigner du danger et du séducteur, en la faisant voyager, et
j'eus bien la pensée d'aller avec elle
visiter Charles, qui m'en pressait depuis long-tems. Mais ce n'était pas
seulement la fidélité de ma femme
que je voulais préserver, je connaissais assez ses principes pour n'en pas

être encore très-inquiet : c'était son cœur que je voulais retrouver et conserver, et si je l'arrachais ainsi malgré elle au charme d'une conquête brillante et d'une inclination naissante, ne devais-je pas craindre de prolonger son illusion, de nourrir cette inclination par la tristesse et les regrets de l'absence ? Elle aurait toujours vu son adorateur amoureux comme il paraissait l'être au moment de leur séparation ; je me serais privé des moyens que sa légéreté me fournirait bientôt peut-être pour la détacher de lui. Un élégant de Paris, arrivant dans des sociétés de province, fait tourner toutes les têtes, sans même avoir les avantages et les talens du comte de Launai; on enviait à ma femme sa brillante conquête; on cherchait à la supplanter, et dans le nombre des yeux qui demandaient la préférence, ils pouvaient s'en trouver qui l'emporterait même sur ceux d'Éléonore ; déjà plus d'une fois, j'avais vu ceux du comte s'animer en rencontrant les regards d'une femme éblouissante de beauté, de jeunesse et de coquetterie ; Eléonore, qui voyait, qui découvrait tout, le verrait bientôt sans doute, et son orgueil blessé serait le meilleur médecin pour son cœur. Mais elle semblait avoir perdu cette faculté si active et dont elle était si fière ; était-ce l'amour, était-ce la vanité qui mettait un bandeau sur ses yeux si perçans ? Je hasardai quelques plaisanteries sur les prétentions et les succès de la belle Adèle ; elle me répondit vivement que je me trompais et que le comte de Launai avait trop d'esprit, de goût et de tact pour s'attacher à une enfant qui n'était que jeune et jolie, et d'ailleurs tout-à-fait insignifiante.

Toutes ces réflexions sont le résumé d'une lettre que j'écrivis à Charles. J'avais trouvé du soulagement à lui ouvrir mon cœur et à lui demander un conseil salutaire. « Je » n'en demande point à ta Sophie, » lui disais-je ; étrangère à toutes » ces intrigues de société , à des » hommes tels que M. de Launai, » au caractère même de ma femme, » elle ne pourrait ni me comprendre » ni m'aider ; tout ce que je viens » de te dire doit être une langue » inintelligible pour elle, etc. etc. »

Mais y a-t-il rien d'impénétrable à la véritable amitié? Sophie comprit que j'étais malheureux , et Sophie trouva dans son cœur le désir et l'espérance de me rendre le bonheur et le cœur d'Eléonore. Sophie aveugle, et pour qui un long voyage ne pouvait être qu'une peine sans plaisir, Sophie accoutumée à sa demeure, à ce jardin qu'elle pouvait parcourir sans guide, Sophie la mère la plus tendre d'une petite fille, qu'elle ne pouvait emmener avec elle, la bonne Sophie ne balança pas un instant. Henri a raison, dit-elle à son mari, il ne doit rien exiger dans ce moment; il faut que ce soit sa femme qui lui demande elle-même de s'éloigner, et je crois que je l'obtiendrai d'elle; qui mieux que moi peut lui peindre le bonheur qu'on trouve dans un bon ménage, entre un mari adoré et des enfans chéris? Oh! je la persuaderai, je le sens là, disait-elle,

en mettant la main sur son cœur. Je
ne comprends pas trop, il est vrai,
comment un autre homme que le
père de ces chers petits êtres, qu'un
autre homme que celui qui est un
autre nous-même, et qui nous aime
comme Henri aime sa femme, peut
plaire : j'ai entendu dire ou lire que
cela arrive quelquefois, et j'en ai
toujours été surprise ; il est impossible que le cœur ait ce tort ; si ce
sont les yeux, je remercie le ciel de
m'en avoir privée ; je suis cependant
bien dans l'erreur, ou ils verraient
toujours mon Charles comme le plus
beau de tous, comme un ange du
ciel ; aussi ce ne peut être qu'une
illusion passagère, dont Éléonore re-
viendra bientôt. Partons, mon ami,
partons dès demain ; je parie que
nous n'aurons pas été là quinze jours,

qu'elle voudra revenir avec nous,
Oh ! quelle joie quand nous la verrons
ici sous ce berceau avec son mari et
ma petite filleule, qui me sera d'un
puissant secours pour ramener sa
mère ! Partons, ne laissons pas plus
long-tems notre bon Henri dans la
peine, et Eléonore dans son erreur.

Charles fut charmé de cette réso-
lution, il n'aurait voulu ni demander
ce service à Sophie, ni la quitter :
tout fut bientôt prêt ; la petite Henriette fut laissée aux soins de sa grand-
mère ; Julien fut du voyage ; et qu'on
juge de ma joie, de mon extase, lorsqu'un soir que je gémissais de n'avoir
pas encore de réponse de Charles,
j'entends arrêter une voiture à ma
porte, et sa voix, que je reconnus à
l'instant, qui s'informait si j'étais au
logis ! On comprend avec quelle

rapidité je descendis , et ce que j'éprouvai quand il plaça Sophie dans mes bras, en me disant : « La voilà , ma Sophie : ton Eléonore est sauvée.» J'étais si saisi que je ne pouvais répondre un seul mot : « Parlez-moi, Henri, me dit Sophie avec son accent si doux; que j'entende au moins que je suis près de vous ; je n'ai pas oublié votre voix. » Sophie ! ange du ciel ! fut tout ce que je pus prononcer. C'était avec ces mots que je l'avais quittée : elle dut reconnaître mon accent, car c'était aussi le même.

Eléonore était à une fête où je l'avais accompagnée. Une inquiétude vague qui ne me permettait pas de rester en place, la crainte de ne pouvoir cacher l'impression que je recevais des assiduités du comte, et de faire par-là plus de tort à ma femme qu'elle ne s'en faisait elle-même, ou, si je me contraignais, d'avoir l'air de l'approuver ; peut-être un pressentiment secret du bonheur qui m'attendait chez moi ; tout cela réuni m'y avait attiré irrésistiblement : j'avais soupiré en laissant Eléonore, qui ne dansait plus, faire un reversi très-animé avec le comte Adolphe.

En province, où les mœurs sont plus sévères que dans la capitale, on croirait cependant manquer aux usages reçus en ne faisant pas jouer constamment ensemble deux personnes qui paraissent se plaire ou s'aimer, lors même qu'on blâme hautement leurs liaisons ou leur sentiment ; en vain une femme voudrait éviter l'homme qui la poursuit ; si elle reste dans le monde, cela lui devient impossible : on la force de

cette manière à s'afficher, et celles
qui ont cette coupable complaisance,
sont les premières à lui jeter la pierre.
« On ne peut pas être plus impru-
dente que Mme. une telle, dit avec
aigreur une femme à son mari, le
lendemain de son assemblée : M. un
tel ne l'a pas quittée hier un instant.
— Mais, ma bonne amie, vous les
avez fait jouer ensemble, que vou-
liez-vous qu'elle fit ? — Eh ! mais,
sans doute ! cela ne peut point aller
autrement : c'est reçu ; est-ce donc
à moi à faire la police ? j'aurais vu
des mines, des bâillemens, et je
voulais que mon assemblée fut gaie
et dans les règles. » D'après ces règles, Eléonore faisait tous les soirs
son reversi avec le comte de Launai.
Nous eûmes donc le tems, avant
qu'elle rentrât, de parler de l'objet

de mes inquiétudes : elles se dissi-
paient insensiblement, en regardant,
en écoutant Sophie : il me paraissait
impossible de résister à son doux
empire ; je croyais voir le calme , la
raison, la sagesse , le bonheur au
milieu de nous, sous sa forme en-
chanteresse. Elle avait peu changé :
c'était encore ce même sourire céleste, ces mêmes grâces , ce même
visage d'un bel ovale , un peu plus
plein cependant ; l'ensemble de sa
figure avait quelque chose de moins
aérien ; mais en revanche elle avait
une tournure plus imposante , qui
jointe à son affabilité , à la sensibilité
de sa physionomie et du son de sa
voix, inspirait à la fois le respect et
la confiance. Sophie était *épouse* et
mère dans toute l'étendue du terme;
on ne pouvait s'y méprendre, et tout

en elle annonçait le bonheur attaché à ces deux titres. Avec quelle
émotion et quel orgueil elle me
présenta son fils : puisse-t-il devenir un jour le vôtre, me dit-elle,
en pressant contre son cœur sa filleule, que j'étais bien vite allé chercher, et que j'avais posée sur ses
genoux. Il semblait que la petite la
connût déjà; Thérèse, c'était le nom
de sa jeune gouvernante, lui en parlait sans cesse, et quand elle lui dit,
Sophie, c'est ta bonne marraine, ma
fille ouvrit ses petits bras, se jeta dans
ceux de Sophie, et la couvrit de baisers qui lui furent rendus avec une extrême tendresse. Aimable enfant, dit
la femme de mon ami attendrie, ah !
comment..... Elle s'arrêta, mais in-
térieurement j'achevai ainsi sa phrase:
Comment ta mère peut-elle te quitter?

Sophie la termina différemment :
Comment pourrions-nous douter un
instant de réussir, dit-elle avec l'expression de la confiance et de la vertu?
Ouvre tes yeux, marraine, disait la
pauvre enfant en posant doucement
son joli petit doigt sur la paupière
abaissée de Sophie, ouvre-les, regarde ta petite Sophie; maman dit
qu'il faut toujours regarder. Je sentis
mes larmes prêtes à couler; mon
amie sourit, et posa la main de la
petite sur son cœur. « Je ne puis pas
ouvrir les yeux, lui dit-elle, je n'en
ai point. Tiens, ne sens-tu pas là
quelque chose qui bat? — Oui, marraine, bien fort. — Eh bien ! ma
petite, c'est là que sont mes yeux à
moi et c'est par là que je te vois. »
Elle passa ensuite sa main sur tous
les traits du visage de l'enfant, et

les dépeignit assez bien. « Je ne sais pas trop, nous dit-elle, ce qui constitue la beauté, mais ces petites joues rondes, cette peau si satinée, les contours de sa petite bouche, la forme de son nez, me plaisent: dis-moi, Julien, est-elle jolie ? » Il était à genoux devant sa mère, et ne cessait de baiser les mains de ma fille. « Elle est encore plus jolie que ma petite sœur, disait-il, je l'aime de tout mon cœur! » Lui-même était fort beau, il ressemblait à sa mère; mais elle ne voulait pas le croire, et m'assurait qu'elle sentait dans son cœur qu'il était le portrait vivant de Charles.

Nous étions encore dans la même attitude, Sophie était assise entre son mari et moi; son Julien était à cheval sur un de mes genoux, ma

fille était sur ceux de mon amie, et
Charles avait un bras passé autour
de la taille de sa femme, lorsqu'Eléonore, dans tout l'éclat de sa parure,
entre dans le salon. Viens, ma chère
Eléonore, lui dis-je, en allant prendre sa main, viens, toi seule dans
ce moment manques à mon bonheur,
mais tu y manquais beaucoup : Voilà
mon Charles, ma chère Sophie, nos
enfans ; tout ce que j'aime au monde
est à présent réuni autour de moi.
Sophie s'était levée, et conduite par
son mari, elle vint se jeter dans les
bras de ma femme, en lui donnant
les noms de sœur et d'amie. Les
deux moitiés de nous-mêmes s'aiment comme des frères, lui dit-elle,
voulez-vous m'accepter pour votre
sœur ? Nous n'avons ni l'une ni l'autre
le bonheur de connaître cette douce

relation; que l'amitié nous donne ce que la nature nous a refusé. La petite Sophie tenant la main de son ami Julien, sautait autour de sa mère en lui disant : vois-tu maman, j'ai aussi un frère, bien plus grand que moi, mais si bon! Charles baisait la main de ma femme et lui demandait aussi son amitié. Au premier moment, elle avait été un peu interdite : mais une manière de se présenter aussi amicale, aussi cordiale, la remit peu à peu; je lui avais parlé si souvent de mes amis, qu'ils n'étaient pas des étrangers pour elle. Je crois bien qu'au fond de l'ame elle aurait autant aimé qu'ils fussent restés chez eux : elle sentait déjà qu'elle ne devait pas quitter un instant une amie aveugle qui ne pouvait point la suivre dans le monde, et que, pendant tout le

tems de leur séjour, il fallait renoncer
à voir le comte ; mais elle sut le
cacher et répondit d'une manière
aimable aux prévenances de mes
amis.

Quand les enfans furent couchés,
et ma femme en négligé, il s'établit
entre nous quatre un entretien que
Sophie sut rendre si animé, si intéressant, qu'il était plus de minuit,
avant que personne eût pensé que
des voyageurs avaient besoin de repos. Eléonore qui depuis sa préocu-
pation veillait à peine quelques minutes, avec un air rêveur et distrait,
fut surprise elle-même de l'heure
qu'elle entendit sonner , et de n'avoir
pas trouvé le tems long : il est vrai
que c'était elle qui jouait le rôle
brillant dans la conversation ; l'aimable aveugle lui demandait des des-

criptions des plaisirs du monde , qu'elle ne connaissait point ; loin de les fronder, tout paraissait lui plaire et l'amuser. Eléonore, d'abord un peu rêveuse , retrouva sa vivacité et le bonheur de parler de tout ce qu'elle avait *vu* , lui fit oublier ce qu'elle ne verrait pas de quelque tems.

En vérité, ma sœur, lui dit Sophie, vous peignez si bien que je crois tout voir, quoiqu'il y ait pourtant des choses que j'aie un peu de peine à me représenter : quant à l'éclat de vos salons ; tous ces flambeaux doivent, ce me semble, ressembler en petit à un ciel étoilé, dont j'ai conservé quelque idée, et qui me paraissait bien beau , d'autant qu'on peut jouir de ce spectacle tous les soirs, sans fatigue, et sans se séparer de ce qu'on aime. La seule chose

que j'aie à reprocher à vos fêtes, qui
d'ailleurs me paraissent charmantes,
c'est qu'elles vous séparent de vos
enfans, de votre petite Sophie qui
m'a paru au toucher, devoir être
bien plus jolie que toutes ces beautés
si parées, que vous allez chercher,
et je gage que mon Julien est cent
fois plus beau que tous vos hommes.

Eléonore sourit, et puis étouffa
un soupir ; elle trouvait le comte de
Launai au moins aussi beau que le
petit Julien. Elle parla ensuite de
son système d'éducation par des
étrangers, auquel elle tenait plus
que jamais ; elle en détailla les motifs, et finit par remercier Sophie
de l'excellente bonne qu'elle nous
avait envoyée.

Oui, dit-elle, Thérèse est ce qu'il
fallait à l'âge de ma filleule, mais

bientôt elle ne lui suffira plus ; n'ayant point vécu elle-même dans le monde où son élève est appelée à vivre, elle ne peut lui donner sur ce point que de fausses notions , qui doivent égarer son jugement au lieu de l'éclairer, ou tout au plus elle lui donnerait des principes généraux de morale, qui deviennent inutiles dans les cas particuliers; et c'est sous ce point de vue que la meilleure institutrice ne peut pas remplacer une mère , qui a pour elle sa propre expérience, la connaissance de la société où sa fille doit vivre , et l'intérêt prolongé de toute cette vie, puisqu'elle séra la mère encore des enfans de sa fille : au lieu que l'intérêt et la responsabilité d'une gouvernante cessent ordinairement au moment du mariage de son élève. Ma sœur, dit-elle avec

tendresse à ma femme en lui serrant
la main ; votre système de ne pas
élever votre fille vous-même , dé-
concerte tous mes plans, car j'avais
compté vous prier de m'aider à élever la mienne; vous lui auriez appris
tout ce que la perte de mes yeux me
laisse ignorer moi-même.

Eléonore la remercia de cette mar-
que de confiance ; elle était d'autant
plus adroite, qu'elle ôtait à ma femme
l'idée que je me fusse plaint d'elle,
et que ce fût le motif de la visite de
mes amis. Lorsque nous nous séparâmes pour la nuit , Eléonore était
enchantée de sa nouvelle amie et ren-
chérit sur mes éloges.

Le lendemain on se retrouva au
déjeûner avec plaisir. Il y eut cependant une ombre de nuage sur le front
d'Eléonore , lorsqu'il fut question

d'écrire un billet pour s'excuser de
se rendre à une invitation pour la
soirée. Sophie qui s'en doutait, et
qui avait son plan arrêté, exigea que
ma femme suivît tous ses engagemens;
elle l'assura qu'elle n'aurait pas un
moment d'ennui avec les enfans, avec
un bon clavecin qui était au salon, et
sur lequel Julien, qui en touchait
assez bien pour son âge, donnait déjà
des leçons à ma fille, enfin avec
Charles et moi, qui ne nous laissâmes
pas persuader de la quitter. Eléonore
fut plus complaisante, elle céda après
quelques complimens; seulement elle
sortit plus tard, rentra plus tôt, donna
toutes ses matinées à sa nouvelle amie,
et celle-ci les mit si bien à profit, et
se servit si puissamment de ses moyens
de plaire et de captiver, qu'avant
huit jours elle avait obtenu la con-

fiance entière de la pauvre Eléonore,
qui souffrait trop pour ne pas sentir
le besoin d'ouvrir son cœur à une
amie sensible, et de lui demander
des conseils. Sophie y pénétra doucement; elle la calma, la consola, la
releva à ses propres yeux, lui fit sentir
avec force tout le tourment d'un attachement illicite, et tout le charme
attaché aux liens légitimes, quand
l'amour se trouve uni au devoir. Elle
prêchait si bien d'exemple, elle avait
l'air si complétement heureuse, malgré toutes les privations qu'elle éprou-
vait, et seulement par son bonheur
intérieur, qu'elle devait persuader.
Eléonore convenait de tout, mais
finissait toujours par dire : « Ce pauvre comte en mourra certainement,
si je ne l'écoute plus, car c'est tout
ce qu'il me demande, et il m'aime si

passionnément! il en mourra, vous dis-je : oh! si vous pouviez seulement le voir et l'entendre! »

« Le voir, s'est impossible ; mais l'entendre, rien n'est plus aisé, et je le désire moi-même. Charles, Henri et Julien doivent aller demain voir votre campagne , prenons ce jour pour recevoir la visite du comte. Eléonore enchantée , arrangea la chose avec lui , le soir à l'assemblée. Le comte vint avec empressement. Un entretien en tiers avec une aveugle , était presque un tête à tête ; mais il n'avait pas compté sur la petite Sophie, qui, *par hasard,* se trouva ce jour-là si bien sur les genoux de sa marraine , qu'elle y resta pendant toute la visite du comte ; et de tous les témoins, un enfant, n'eût-il qu'un an, est le plus redoutable pour un

amant ; car, à coup sûr, c'est celui
qui en imposera le plus à sa mère,
Mais ce que le comte avait bien moins
prévu encore, c'est que cette aveugle
lirait dans son cœur, en déroulerait
tous les replis, toutes les pensées les
plus secrètes, et ferait connaître,
même en sa présence, à Eléonore
tous les dangers de leur relation, et
l'excès du malheur où cette liaison
pouvait l'entraîner.

La conversation fut d'abord très-
indifférente. M. de Launai, qui voulait plaire et qui en avait les moyens,
fut très-aimable, et les yeux attachés
sur Eléonore, il dit à Sophie les
choses les plus flatteuses ; il carres-
sait aussi beaucoup la petite, qu'il
voyait pour la première fois. Cette
manœuvre bien connue manque rarement son effet ; il n'y a pas d'enfans

plus caressés que ceux d'une femme
qu'on veut intéresser ; et rien n'é-
meut plus son cœur, ne le dispose
mieux à la reconnoissance. « Elle est
charmante, délicieuse, répétait-il
sans cesse ; c'est le portrait de sa belle
maman, et je l'aime à la folie. » Sophie
qui était à l'affut d'une occasion de
parler avec une entière franchise,
saisit celle-là. « Vous l'aimez, dites-
vous, M. le comte ? vous la trouvez
charmante, et sûrement vous pensez
la même chose de sa mère ? Vous les
aimez, et cependant vous voulez leur
faire à toutes deux plus de mal que
ne pourrait leur en faire leur plus
cruel ennemi. »

Je ne vous entends pas, madame !
reprit le comte, embarrassé de cette
apostrophe et de la tournure que prenait cet entretien.

—Ou bien vous ne voulez pas m'entendre, M. le comte, ainsi je vais m'expliquer plus clairement : oui, reprit Sophie avec un accent ferme et pénétré, vous préparez à cette femme intéressante, que vous adorez, dites-vous, à cette enfant innocente, dont vous admirez les grâces, le plus grand des malheurs, celui d'être séparées : vous aurez ôté à cette mère une fille qui devait faire sa gloire et ses délices, à sa fille une mère qui devait la guider dans la route du bonheur et de la vertu. Lorsque la pauvre Eléonore, égarée par vos séductions, aura perdu avec sa propre estime, celle du monde et la confiance de son mari, pensez-vous qu'il lui laissera sa fille? Ce sera peut-être sa seule vengeance : mais elle sera terrible et invariable! et qui

oserait l'en blâmer ? Mérite-et-elle
d'être mère , celle qui a manqué
aux devoirs sacrés d'épouse ? Mé-
rite-t-elle d'être mère , celle qni
n'ose pas se donner pour modèle à
sa fille ? Et que mettrez-vous à la
place de sentimens si purs que vous
aurez détruits dans son cœur? Un
amour que vous avez déjà juré à
tant d'autres , et qui n'existe peut-
être que dans votre imagination sé-
duite par des charmes que le chagrin,
les regrets , le remords et les larmes
auront bientôt détruits. Le véritable
amour, M. le comte , ne veut, ne
désire que le plus grand bonheur de
l'objet aimé ; il est prêt à y sacrifier
le sien : oserez-vous me dire que
c'est cet amour que vous sentez pour
ma pauvre Eléonore ? Vous la con-
duisez pas à pas dans un abyme ; vous

travaillez à détruire son bonheur,
sa réputation, sa beauté, sa vie même,
car êtes-vous sûr qu'elle supportera
la perte de tous les biens dont vous
l'aurez privée ? Je sais (car sa confiance ne m'a rien caché) que vous
la faites trembler pour votre propre
vie, si elle dédaigne votre passion ;
moyen indigne et cruel dont vous
connaissez toute la fausseté, que
vous avez dejà employé mille fois
peut-être avec des femmes simples
et crédules ! Vous n'en trouverez
que trop encore à effrayer ; mais
pour Eléonore, il n'y a qu'un seul
homme au monde ; et cet homme,
c'est son mari ; c'est celui à qui elle
a donné volontairement son cœur et
sa main, qui n'a jamais aimé qu'elle
seule, et à qui elle doit le premier
des bonheurs, celui d'être mère. Je

Je connais aussi ce sentiment sacré,
qui s'empare si fortement de tout le
cœur d'une femme, et que rien, non
rien au monde, ne peut balancer.
Quel homme peut se flatter de l'emporter sur un enfant dans le cœur
de sa mère ? Lors même qu'une
femme égarée par sa passion, ou
par celle d'un séducteur, le croirait
un instant, la nature reprendrait
bientôt ses droits, et lui donnerait
une juste aversion pour celui qui
aurait voulu les usurper : et ne crois
pas, pauvre amie abusée, dit-elle à
ma femme, qui cachait sa confusion
et ses larmes sur le sein de Sophie,
ne crois pas pouvoir associer ces
deux amours, pouvoir conserver ta
fille et ton amant; lors même que
ton mari trompé te les laisserait, ta
propre conscience ne te le permet-

trait pas. Les voilà tous les deux,
choisis : si tu renonces à ta fille,
c'est moi, moi qui serai sa mère ;
choisis, ta Sophie ne sera pas abandonnée.

Eléonore jeta un cri de douleur,
se saisit avec transport de sa fille, la
pressa sur son cœur, et repoussa le
comte qui s'était jeté à ses pieds de
l'air le plus passionné. Levez-vous,
Monsieur, lui dit-elle avec dignité,
mes yeux sont ouverts, et mon parti
est pris : je ne vous reverrai plus. Ma
fille est à moi, à moi seule : je ne
la céderai pas même à l'amie parfaite
qui vient de m'éclairer, jugez si je
la sacrifierai à l'homme qui voulait
m'égarer ! O ma fille, c'est à toi
que je jure amour, et fidélité à ton
père.

Le comte se releva et s'appuya

sur le dossier d'une chaise, son mou-
choir sur les yeux. Etait-ce pour
cacher des larmes ou du dépit? était-
il frappé, touché, ou seulement déconcerté ? c'est ce que je ne décide
pas, mais le résultat fut le même,
et c'était tout ce que Sophie voulait.
Ce n'est pas lui qu'elle avait entrepris
de convertir : peut-être pensa-t-il
qu'avec une telle égide, la conquête
d'Eléonore devenait trop difficile, et
que la jeune Adèle n'avait pas une
amie aussi *clairvoyante*..... Quoi
qu'il en soit, il était assez inutile
dans ce moment de faire attitude de
désespoir devant deux femmes, dont
l'une ne le voyait pas, et l'autre ne
le regardait plus. Il se rapprocha
d'elles, balbutia quelques belles
phrases d'amour passionné, de regrets éternels, de malheur sans fin,

de sacrifices, d'admiration, etc., etc.;
Il pressa de ses lèvres leurs mains qui
étaient réunies, et partit.

Il est bien sûr que toute autre
qu'une aveugle n'aurait pas osé tenir
un tel langage à un homme qu'elle
aurait vu pour la première fois, et
en présence de la femme qu'il cherchait à séduire; elle aurait redouté
leur surprise, leur embarras, leur
douleur même; il est si cruel de voir
ceux qu'on afflige ! peut-être aurait-
elle craint aussi l'espèce de tournure
ridicule qu'un homme du monde
pouvait donner à son discours, à
cette scène, et son sourire ironique;
mais Sophie qui ne voyait rien, ne
redouta rien, et son intérêt pour
son amie l'emporta sur les vaines
considérations qui auraient pu l'arrêter, si elle avait eu plus de con-

naissance du monde et des ĥommes,
et qui lui auraient fait manquer son
but, qui était de frapper Eléonore,
en réduisant la passion du comte à
sa juste valeur.

Dès qu'il fut sorti, Sophie serra
dans ses bras son amie, qui fondait
en larmes. « Voilà ta récompense,
sage et courageuse Eléonore , lui
dit-elle eu lui montrant son enfant,
qui donnait mille baisers à sa maman
pour la consoler, et qui lui disait
avec sa douce voix : Ne pleure plus,
je t'en prie ; Papa et Julien reviendront bientôt, et ta petite Sophie
t'aimera tant. Eléonore se calma,
mais elle disait encore tout bas à son
amie : il en mourra, j'en suis sûre :
je l'ai bien vu, il en mourra....

Au bout de huit jours elle fut ras-
surée, car elle vit le comte plein de

vie et rayonnant de santé , attaché
au char de la jeune Adèle , qui
triemphait de l'avoir enlevé à Eléonore, et qui disait à qui voulait l'entendre : « On ne voit plus Mme de
» P** : cette pauvre femme se meurt
» de ce que le comte de Launai a
» le mauvais goût d'aimer mieux les
» femmes de dix-huit ans, que celles
» de trente-cinq. Quand on est assez
» folle pour croire plaire encore à
» cet âge , on n'a que ce qu'on
» mérite lorsqu'on est détrompée. »

Eléonore n'en avoit pas trente encore, mais en peu de jours elle avait
acquis bien des années pour la raison.
La leçon fut forte mais complète.

Sophie mit le beaume de son
amitié et de sa sensibilité sur la
plaie du cœur, ou plutôt sur la bles-
ture de la vanité d'Eléonore ; elle

profita avec art de ce moment d'abat-
tement et de dépit pour la ramener
au bonheur domestique. Chaque jour
Eléonore devenait plus sereine, plus
gaie, plus égale, plus tendre pour sa
fille, plus aimable pour moi; elle se
corrigea même entièrément de ses
petits défauts, dont il ne resta pas
la moindre trace, lorsqu'elle eut passé
quelques mois avec l'être adorable
qui répandait sa douce influence sur
tout ce qui l'entourait. Eléonore avait
trop de tact pour ne pas sentir qu'il
y avait de la cruauté à se vanter de
ses yeux devant une aveugle, et
à répéter sans cesse, *j'ai vu*, à celle
qui ne voyait rien. Elle en perdit
insensiblement l'habitude; sans jamais
en parler, elle employa son excellente vue à remplacer celle de son
amie, à lui adoucir les peines insé-

parables de son état de cécité. « Vous
avez éclairé mon ame, lui disait-elle,
il est bien juste qu'à mon tour je
voie pour vous. » Elle s'attacha par
ses soins mêmes à cette amie incom-
parable, et ne pouvait s'en séparer.
Quand Sophie voulut aller rejoindre
sa mère et sa fille, Eléonore lui rappela qu'elle devait lui aider à élever
cette dernière ; elle me conjura d'arranger notre vie auprès de nos amis :
j'étais trop heureux par cette liaison
et par ma femme, pour lui refuser
quelque chose. Je vendis mes propriétés dans le pays que j'avais habité
jusqu'alors ; j'en acquis dans celui de
Charles, qui me céda sa maison : il
habitait celle de sa belle-mère ; en
sorte que le beau jardin où j'avais
connu Sophie, nous devint commun,
et que le berceau de feuillage fut un

temple à l'amour et à l'amitié. C'était
là que tous les jours de printems et
d'été nous étions réunis avec nos
charmantes compagnes, pendant que
nos enfans couraient dans le jardin
autour de nous.

Ils seront le sujet d'une troisième
époque de ma vie, si les deux premières ont assez intéressé le lecteur
pour qu'il nous retrouve avec quelque plaisir : en attendant il nous
laisse aussi heureux qu'on peut l'être
sur cette terre. Les yeux d'Eléonore
son toujours beaux, et ne voient plus
que ce qu'il faut voir; ceux de Sophie sont toujours fermés, mais son
cœur y supplée : il sent tout, devine
tout, et elle est vraiment notre ange
tutélaire, le lien de notre heureuse
société.

~~~~~~~~~~~~~~~~~~~~~~

TROISIEME NOUVELLE.

~~~~~~

(Suite de l'AVEUGLE.)
NOS ENFANS.
Henri de P. à cinquante ans.

QUINZE autres années de ma vie se
sont écoulées, lorsque je pris congé
de ceux qui avaient bien voulu s'intéresser à l'ami de Sophie, j'étais
heureux, trop heureux peut-être
pour un habitant de cette terre.
Dans mon délire j'aurais défié le ciel
de pouvoir me donner un plus grand
bonheur dans le séjour de ses élus.
Notre jardin était mon Elysée ; Sophie, Charles, Eléonore, mes anges
tutélaires, nos enfans, des chérubins
destinés à embellir une existence qui
me semblait devoir durer éternelle-

ment ; les légères peines du passé
étaient effacées , et je ne voyais dans
notre avenir que les plus douces espérances. Combien de fois, en regardant jouer autour de nous, Julien,
le fils de Charles et ma Sophia (que
nous appelions ainsi pour la distinguer de sa marraine) nous avons
joui d'avance du moment où ils se-
raient unis; nous voyions déjà, en idée
leurs enfans à leur âge ; ma femme
m'avait rendu père d'une seconde
fille la première année de notre trans-
plantation ; elle se nommait Emma,
et n'avait qu'une année de moins
qu'Henriette la fille de mes amis,
lorsque nous voyions Julien et Sophia
porter leurs petites sœurs dans leurs
bras, les placer dans un chariot d'o-
sier, le conduire avec précaution,
se retourner à chaque instant pour

regarder les petites créatures con-
fiées à leurs soins, s'arrêter pour leur
faire une caresse, leur donner un
fruit, une fleur, les gronder même
quelquefois avec un air d'importance
et de supériorité, ils nous semblaient
déjà qu'ils remplissaient des devoirs
paternels ; Sophia cependant était si
vive, si étourdie qu'on aurait craint
sa pétulance avec les deux cadettes ;
mais Julien, plus âgé, plus doux,
ayant déjà le sentiment de ses devoirs
d'homme, les protégeait et ne souffrait pas qu'on leur fît aucun tort ;
il était aussi leur instituteur, et leur
apprenait tout ce qu'il avait déjà
appris à Sophia avec une patience et
une complaisance extrême. Il est
difficile d'imaginer un tableau plus
gracieux que celui de ces quatre
charmantes créatures dans leur jeux

et dans leurs leçons. Qu'on me permette d'en tracer une légère esquisse; je commencerai par leur figure et leur caractère ; je ne suis point de ceux qui ne savent rien lire sur un visage, avant qu'il ait quinze ou seize ans ; depuis leur troisième année et même plus tôt, je vois dans la physionomie des enfans et dans leurs traits si peu formés, tout ce qu'ils doivent être un jour ; on peut alors en juger bien plus sûrement que lorsqu'ils ont appris l'art qui ne s'apprend que trop tôt, de déguiser leurs pensées sous un masque trompeur ; dans l'enfance rien n'est imposture, et la dissimulation est le dernier des défauts qui se développent chez l'homme, puisqu'elle sert à cacher les autres. Toutes les nuances des impressions que les enfans éprouvent, se peignent à l'instant sur

ces figures si mobiles; on y voit toutes
celles de la joie, de la douleur, de
l'espérance; le dépit, la colère, l'impatience, le caprice y sont bien plus
marqués que chez les hommes faits,
parce que l'hypocrisie et la raison ne
les repriment point encore, mais on
trouve aussi chez les enfans les ger-
mes de l'égoïsme, de la jalousie, de
la coquetterie même, etc. Enfin
ils éprouvent déjà en miniature toutes
les passions auxquelles ils doivent être
livrés dans le cours de leur vie, et
chacune d'elles, si on les observe
avec soin, a son expression particu-
lière sur leur physionomie. Le père
éclairé ou l'instituteur habile a bientôt découvert la passion dominante
dans le caractère, et doit porter toute
son attention, non pas à la détruire,
car les passions sont la source des
vertus, mais à la modifier et à la faire

tourner vers le bien. Je me suis
rarement trompé sur les enfans en
général, et moins encore sur ceux
que j'avais tant d'intérêt à étudier et
dont je vais tracer le portrait.

Julien, le fils de Charles et de
Sophie, était grand pour son âge et
bien proportionné ; il était brun
comme son père, mais il avait les
traits de sa mère, et principalement
les yeux, nous disait la bonne grand'-
mère avec un soupir ; elle seule
pouvait juger de ce rapport ; mais
j'en étais convaincu d'après l'expression de ceux de Julien ; c'était celle
de la bonté, de la franchise et d'une
grande élévation d'ame ; son regard
avait quelque chose de céleste, et
ses grands yeux noirs veloutés, plus
de douceur et de sensibilité que de
feu ; son nez était d'une belle forme

grecque, et son sourire plein de grâce;
on aurait pu lui désirer plus de vivacité,
mais il en avait au moins pour obliger;
il était aimable et touchant dans ses
soins pour sa mère, à qui il servait
de yeux autant qu'il le pouvait, et
pour son aïeule qu'il appelait *son
bâton de vieillesse;* sa raison, son
jugement, étaient au-dessus de son
âge, et sans la moindre crainte nous
le laissions conduire et diriger nos
trois petites filles. Ton fils, disais-je
à Charles, aura tout ce qu'il faut pour
réussir dans toutes ses entreprises,
grâce, douceur, fermeté, persévérance, tu peux tout attendre de lui.

Puisse-t-il, me répondait mon
ami, réussir à se faire aimer de Sophia,
ou d'Emma; puisse-t-il être un jour
ton gendre, et votre amitié se res-
serrer encore d'un double lien. Non,

n'en doutons pas ; mais rien n'annonçait encore qu'il y eût la moindre
sympathie entre lui et ma fille aînée.
Sophia était d'une telle pétulance,
que nous ne parvenions qu'avec peine
à la fixer un instant ; sa marraine seule
en avait le pouvoir ; toujours en mouvement, légère comme les papillons
qu'elle poursuivait, on avait peine à
croire qu'elle fût jamais susceptible
d'un sentiment bien tendre ; elle avait
déjà la mutinerie et les caprices, première nuance de la coquetterie ; elle
aimait beaucoup son ami Julien et le
tourmentait, le grondait, le boudait
sans cesse ; seulement, disait-elle,
pour voir la mine qu'il ferait ; rarement elle avait le plaisir de lui voir
faire la mine ; avec son calme ordinaire il allait son train sans avoir l'air
de s'en apercevoir, et comme le sens

froid domine toujours l'humeur et
l'étourderie, c'était elle qui revenait
à lui avec cette finesse, ces grâces,
cet art qui semble naturel aux femmes
et devient le sceptre de leur empire :
le sage et bon Julien y cédait sans
s'en douter. J'étais d'autant plus fâché
de cette disposition de ma fille, qu'elle
n'avait nul besoin de se donner toute
cette peine pour plaire et pour captiver ; la nature lui en avait donné
tous les moyens ; elle était parfaitement belle et frappait d'admiration
tous ceux qui la voyaient ; ses cheveux d'un beau brun marron retombaient en boucles naturelles sur un
front blanc, élevé, orné de deux
sourcils noirs bien dessinés, qui cou-
ronnaient des yeux bruns orangés,
tels que ceux de sa mère, à qui elle
ressemblait extrêmement ; malgré la

régularité parfaite de ses traits elle avait beaucoup de physionomie et de grâces, et tout l'ensemble de sa figure était ravissant. Il était bien difficile de n'être pas un peu fier d'avoir donné la vie à une aussi charmante créature, et de ne pas la gâter; aussi l'était - elle beaucoup; sa coquetterie portait sur nous tous; elle savait prendre chacun par son faible, et lorsqu'on la voyait conduisant par la main sa marraine, marchant doucement devant elle, on ne se serait pas douté que c'était la même petite étourdie qui renversait tous les jardins, sautait les fossés, grimpait les palissades, déchirait deux ou trois fourreaux par jour, et faisait elle seule plus de bruit que les trois autres enfans.

Ma filleule Henriette, sœur de

Julien, n'était pas très-jolie, mais elle plaisait par son air bon enfant, et par sa franche gaîté, sans turbulence; ses joues rondes, brunes et colorées, donnaient l'envie de lui faire une caresse, et ses lèvres voûtées et souriantes semblaient prêtes à la rendre; elle et ma petite Emma s'aimaient avec passion, leur enfantine amitié avait déjà le caractère touchant et sublime de ce noble sentiment; toujours prêtes à se sacrifier l'une à l'autre ce qu'elles aimaient le mieux, se chargeant mutuellement de leurs fautes, elles n'avaient qu'une pensée, qu'une ame, qu'une volonté; Emma qui me reste à peindre, était jolie comme la plus jeune des grâces, son teint était éblouissant de blancheur, naturellement pâle, mais se colorant subitement à la moindre émotion sa figure était mince, délicate, svelte ; ses cheveux blonds comme les miens, ses charmans yeux bleus étaient entourés de longs cils noirs plus foncés que ses cheveux ; ils avaient une expression de sensibilité trop prononcée pour ne pas m'allarmer sur le bonheur de cette chère enfant ; le moindre mal à l'un de nous, le moindre chagrin de son Henriette la mettaient au désespoir, tout être souffrant, quel qu'il fut, l'intéressait ; elle était la protectrice de tous les petits animaux domestiques ; toujours on la voyait portant dans ses jolis bras, ou dans son sein, un oiseau, un lapin, un petit chat, ou un petit chien, dont elle soignait l'enfance ou les maux ; elle aurait fait un détour pour ne pas écraser un insecte, et quand sa sœur lui apportait un papillon les ailes

serrées entre ses doigts, le plus
grand plaisir d'Emma était de lui
rendre la liberté.

Tels étaient nos enfans dans leur
première jeunesse ; c'est lorsqu'ils
étaient livrés à eux-mêmes, dans
leurs jeux, dans leur manière d'être
les uns avec les autres, que j'aimais à
les observer. Dois-je craindre d'en-
nuyer mes lecteurs par des détails
qui leur retraceront ou le tems le
plus heureux de leur vie, où le touchant spectacle qu'ils ont sous leurs
yeux ? tous ceux qui me liront ont
des enfans, ou l'ont été eux-mêmes ;
ainsi ces détails ne peuvent leur être
étrangers ; ils y retrouveront, et leurs
souvenirs et leurs jouissances ; et le
tableau de l'innocence a toujours tant
de charmes ! Celui de nos enfans don-
nera peut-être à quelque père de

famille l'idée de rendre à peu de frais les siens aussi heureux que l'étaient les nôtres ; c'est donc sans crainte de déplaire que je vais parler quelques instans encore de ma jeune famille. A quelques pas du berceau de feuillages sous lequel nous passions nos journées, lorsque le tems le permettait, se trouvait une grande pièce de gazon qui leur était entièrement destinée; ils l'appelaient *leur campagne*, et jamais domaine ne fut plus soigné et ne fit plus le bonheur de ses propriétaires ; il formait un carré long de cinquante pas de longueur sur trente de largeur, les quatre coins étaient rentrans en demi-lune, et dans ces vides il y avait un petit jardin potager entouré d'une plate bande de fleurs et fermé par des groseliers. Ils appartenoient en particulier à chacun

des enfans, qui devait le cultiver et
l'entretenir; ces propriétés exclusives
nous donnèrent les occasions et les
moyens d'étudier leur caractère, de
remarquer la paresse ou l'activité,
l'égoïsme ou la bienveillance, la par-
cimonie ou la générosité, etc. Julien
était le jardinier en chef, chargé de
l'inspection générale et de la grosse
besogne ; il distribuait les semences;
il labourait les quatre jardins, aidé
quelquefois par Sophia, quand après
une brouillerie, elle voulait le ramener; en échange, les trois petites
chargées du travail facile de trans-
planter les fleurs et les légumes,
avaient aussi ce soin pour le jardin
de Julien, et comme elles y mettaient toutes les trois tout ce qu'elles
avaient de plus beau, il était toujours
le plus brillant, excepté toutefois

lorsque la mutine Sophia, dans un moment de caprice ou de colère, arrachait les fleurs qu'elle y avait planté la veille et venait les replanter le lendemain. Moins dociles que Julien, ces pauvres plantes ne supportaient pas aussi bien que lui ces fantaisies et périssaient ordinairement; Sophia riait en voyant leurs tiges penchées et leurs pétales flétries. « Elles demandent humblement pardon pour moi, disait-elle à son ami, regarde, Julien, comme leur tête est baissée.» Emma qui les croyait en souffrance, les regardait d'un air attendri, les soutenait avec une baguette, les arrosait et les couvrait, et souvent ressuscitait les *invalides de Sophia*, comme les appelait Julien; cet aimable garçon, sans aucune prétention à l'esprit, sans avoir même peut-

être ce qu'on est convenu de nommer esprit, avait une originalité naïve
dans la tournure de ses expressions;
il avait entouré son jardin d'une haie de
petites roses en miniature, pour avoir
autour de lui, disait-il, le portrait
de ses sœurs ; Sophia était la belle
rose épanouïe ; Emma le charmant
petit bouton, et moi, disait triste-
ment la bonne Henriette, que se-
rai-je donc ? — Le doux parfum
qu'on aime à sentir, lui répondit son
frère en l'embrassant tendrement.

L'un des côtés de la pièce de gazon
était attenant à un bosquet d'ar-
brisseaux où, dans tous les momens
du jour, on trouvait de l'ombre et
de la fraîcheur. Du tronc d'un beau
saule pleureur sortoit une source
qui formait une fontaine ; les branches du saule retombaient en lon-

gues guirlandes vert pâle , autour
des charmantes figures, dont la fontaine était souvent entourée ; la
transparence et le mouvement continuel de l'eau plaisent à l'enfance.
Le bassin de la fontaine en marbre,
et représentant une coupe, était assez
haut, pour qu'il n'y eût nul danger
d'y tomber ; mais, en faveur des
petites qui n'y pouvaient atteindre,
l'eau de la coupe s'échappait par
trois becs recourbés, qui formaient
trois fontaines à leur portée, et au-
delà du petit ruisseau qui conser-
vait la fraîcheur du gazon , et sur
lequel des flottes entières de bateaux
de papier , voguaient majestueuse-
ment. Quel tableau délicieux que
celui de ces trois charmantes jeunes filles recevant l'eau dans leurs
petits arrosoirs, les portant en cou-

rant dans leur jardin : et leur dépit, lorsqu'en arrivant, il n'y en avait plus que sur leurs fourreaux blancs ; et l'importance de Julien, qui les suivait lentement sans rien perdre de sa provision, et qui remplissait de nouveau les petits arrosoirs vides ! On cueilloit ensuite les petits pois, la salade, la fraise ou la groseille mûre ; on coupait la branche de rose ou de giroflée fleuries; on faisait des bouquets de violettes doubles, et on apportait en triomphe ces richesses sous le berceau où elles étaient distribuées aux bonnes mamans : chacun vantait son offrande, ou celle de son amie. Sentez le bouquet d'Emma, disait Henriette à sa mère : goutez les fraises d'Henriette, disoit Emma en plaçant le joli fruit entre les lèvres de Sophie, et s'il

survenait quelque petite querelle,
elle était bientôt terminée dans nos
bras, et on retournait, en sautant et
en se tenant par la main, jouer sur le
gazon. A l'une des extrémités,
était un tertre, nommé fastueuse-
ment *la Montagne*, couronné d'un
groupe de sapins ; c'était le but de
leurs courses : ils parvenaient tous à
le monter tout d'une haleine, en
partant du point opposé. Julien arrivait long-tems avant ses sœurs,
attendait debout celle qui grimpait
la première ; il la recevait dans ses
bras, et la plaçait, comme sur un
trône, sur un banc de mousse ar-
rangé tout exprés, et elle était la
reine de la journée, choisissait les
jeux, fixait le moment des leçons.
Sophia, plus âgée, plus leste, aurait toujours été reine ; mais heu-

reusement pour les autres, elle se
laissait distraire partout ce qu'elle
trouvait en son chemin ; un papillon,
une fleur, un oiseau rallentissaient
sa course , et pendant ce tems là
les deux cadettes avançaient, souvent
elles arrivaient ensemble se tenant
par la main et régnaient paisiblement,
de moitié ; plus souvent encore elles
se cédaient mutuellement l'empire.
Le trône devenait ensuite la chaire
de professeur de Julien ; ses trois
écolières grouppées autour de lui,
entrelacées comme on peint les trois
grâces, épellaient, l'une après l'autre,
les phrases qu'il leur dictait en dif-
férentes langues : cette méthode
d'enseignement qu'il avait inventée
pour son compte, car je ne doute
pas qu'elle n'ait souvent été em-
ployée , leur fit faire des progrès

rapides; elles apprirent ainsi l'italien,
l'anglais et l'allemand, dont nous lui
donnions, Charles et moi, des leçons
régulières, facilitées par ces répéti-
tions. Un mot mal épelé, mal prononcé, excitait de grands éclats de
rire; la coupable donnait une fleur
pour amende; on devait écrire au
crayon le mot mal dit, et l'attacher à
la fleur; on en formait ensuite un
faisceau qui s'appelait le bouquet des
pénitences : on nous l'apportait, il
étoit placé dans un vase qui lui était
destiné, les mots étaient encore ré-
pétés, et ne sortaient plus de la
mémoire : j'aime à faire honneur
de cette idée à Julien, elle eut un
grand succès, et je la conseille à
tous les instituteurs.

Après les leçons sérieuses, com-
mençait la gymnastique; Julien avait

établi au milieu du domaine une
foule de jeux d'éxercice ; l'escar-
polette; la balançoire, le mail, les
cerceaux, le volant, la paume, tous
peuvent être joués par des femmes
et leur donnent de l'aplomb, de la
justesse dans le coup-d'œil, et dans
les mouvemens, de la santé surtout,
et leur aident à déployer mille grâces
dont cet âge seul a le secret.

Dans d'autres heures de la journée,
nos filles s'occupaient à côté de leurs
mères à des ouvrages de leur séxe ;
le besoin de suppléer à la vue de
Sophie, de lui expliquer ce qu'elle
ne comprenait pas , développa leur
intelligence, les rendit plus atten-
tives ; leur donna cette aimable attention d'obliger , ce désir d'être
utile, qui sied si bien à la jeunesse;
elles étaient dirigées, dans cette partie

de leur éducation, par Eléonore, et par Mme de *, mère de Sophie qui les aimoit tous en vraie grand-mère, et sans mettre de distinction entre les enfans de sa fille et les miens; elle exigeait que toutes les déchirures, suites de leurs jeux, fussent racommodées par elles. Elles en devinrent plus soigneuses : Elles furent aussi chargées, sous l'inspection de Thérèse, de leur blanchissage, il se faisait à leur jolie fontaine, il s'étendait sur leur gazon, et Julien les appelait ce jour-là des *Princesses Nausicaa*. A mesure qu'elles grandissaient, elles eurent chacune un département dans le ménage, suivant leur goût, et leur caractère. Sophia, chargée d'ordonner les repas, d'arranger les desserts, employait sa coquetterie à nous

donner des mets variés, et à chacun
celui qu'il préférait. La sensible
Emma eut le soin de la basse-cour,
et pleura plus d'une fois le meurtre
de ses élèves , qu'elle rendait heureux du moins pendant leur courte
vie : La bonne et douce Henriette
dirigeait le travail des domestiques,
et se chargeait de tout ce qui en-
nuyait ses compagnes.

Julien, pendant ce tems-là, faisait
de son côté les études et les exercices
nécessaires à un jeune homme. Sa
disposition naturelle, et le désir d'ins-
truire à son tour ses sœurs , lui firent
faire de grands progrès; elles n'eurent pas d'autre maître d'arithmé-
tique, d'histoire, de géographie et
de belles-lettres; il leur enseigna les
élémens de la musique et du dessin;
ensorte qu'entre les leçons qu'il reçe-

vait et celles qu'il donnait, il n'y avait pas un instant de vide dans la journée, et c'est le plus grand service à rendre à un jeune homme qui entre dans l'âge des passions, que de l'occuper tellement qu'il n'aie pas un instant dérobé : à toutes ces études il joignit encore la botanique, qui devint une passion, et leur procura mille plaisirs ; on fit des excursions lointaines pour chercher des plantes ; on en remplit les quatre jardins, la montagne, le bosquet, les bords du ruisseau suivant le lieu où on les avait trouvées ; le petit domaine devint un vrai jardin de plantes. Henriette les dessinait, Emma les desséchait, Sophia courait pour en trouver de nouvelles ; et le savant Julien, son Linnée ou son La Marck à la main, les

nommait et les classait d'après leurs
familles.

Ainsi s'écoula sous nos yeux leur
heureuse enfance ; sous nos yeux,
dis-je, hélas ! ceux de la plus tendre
des mères étaient fermés à toutes ces
jouissances, dont je viens de tracer
le tableau ; nous étions sans cesse par-
tagés entre le désir de les lui dépeindre et la crainte d'augmenter ses
regrets ; elle nous la cachait avec la
force d'ame qui la distinguait, aussi
je savais trop bien lire dans son ame
pour n'en pas saisir tous les mouve-
vemens. Quelquefois je la voyais
presser avec tendresse un des enfans
contre son cœur ; elle partageait
même souvent leur heureuse joie ;
mais tout à coup un mot échappé sur
leur figure, sur l'agrément de leur
physionomie, répandait sur la sienne

un voile subit ; je voyais des larmes
s'échapper entre ses longs cils noirs
et couler sur ses joues : « Je n'aurai
pas dû me marier, nous disait-elle,
alors ; » mes désirs et mes pensées
n'allaient pas au-delà du cercle étroit
de mes souvenirs ; j'étais accoutumée
à mes privations ; elles me paraissaient
légères ; mais celle de ne pas connaître mes enfans, de pouvoir à peine
m'en former une idée, c'est au-delà
de mes forces. J'essayai de les lui
dépeindre aussi bien qu'il m'était possible ; mais que mes paroles étaient
froides auprès de la réalité ! je m'ir-
ritais de leur insuffisance, pour rendre
mille nuances que le cœur sent, et
que la bouche ne peut exprimer. Il
existe bien sûrement un langage du
cœur qui n'a point de mots, et celui
de Sophie était bien fait pour l'en-

tendre ; mais il lui manquait cette
perception qui donne un corps aux
idées , une ame à notre imagination, et sans laquelle tout est vague
et confus. J'appelai les autres sens
à mon secours ; celui de l'odorat,
très-perfectionné chez les aveugles,
nous fut très-utile ; elle attacha l'i-
mage de notre belle Sophia à la
tubéreuse ; délicieuse , mais éni-
vrante ; Emma et le jasmin s'assi-
milèrent dans sa pensée ; elle appelait
son Henriette, son bouquet de violettes, et Julien son œillet. Chacun
d'eux reçut un flacon d'essence de
ces différens parfums, et en mettait
quelques gouttes sur ses cheveux ; de
très-loin elle distinguait celui qui
entrait dans la chambre ou qui s'ap-
prochait d'elle.

Quelquefois, se rappelant sa résig-

nation et sa philosophie, elle se re-
prochait ce désir trop vif et si inutile
de les voir. Grondez-moi, nous disait-
elle alors avec son charmant sourire ;
je suis moi-même un enfant déraison-
nable, qui veut l'impossible et qui
pleure de ce qu'on ne le lui donne pas,
quand il a autour de lui mille autres
jouissances : je fais comme Sophia qui
dédaignait son joli collier de coraux,
parce qu'elle ne pouvait pas en avoir
un des étoiles du ciel. Quoi, j'ai le
bonheur d'être mère ; j'entends mes
enfans, je leur parle, je reçois leurs
caresses, je sais qu'ils m'aiment,
qu'ils sont heureux et charmans, et
je m'afflige de ne pouvoir me former
une idée de leurs traits extérieurs,
car je connais leur ame, la plus noble, la plus belle partie de leur être,
dont la figure n'est que l'accessoire;

combien je suis plus heureuse que
bien des mères, éloignées de leurs
enfans, ou qui les ont perdus après
leur avoir donné la vie, ou qui ont
à s'affliger de la leur avoir donnée !
Mon Dieu, ne punis pas mon ingra-
titude, conserve-moi ceux que tu
m'as laissés. Elle pensait alors au
malheureux fils qu'elle avait perdu
deux fois, lors de l'accident qui le
priva de l'ouïe, et lors que la petite
vérole le lui enleva ; elle regardait
la mort de ce malheureux enfant
comme un bonheur, mais elle ne
cessait de nous raconter combien il
montrait d'intelligence avant que
d'avoir été asphixié ; elle s'accusait
d'avoir eu pour lui une prédilection
dont sans doute elle avait été punie ;
mais c'est surtout, ajoutait-elle, depuis la naissance de votre Emma que

j'ai regretté mon Victor; il aurait doublé nos espérances et resserré peut-être plus encore le lien de notre amitié. Mais enfin, Dieu l'a voulu, et ce ne n'est pas à nous, faibles mortels, plus aveugles encore au moral que je ne le suis au physique, à pénétrer ses voies, lorsqu'il nous éprouve en apparence. Il nous épargne peut-être des peines encore plus cruelles; mon Victor était destiné sans doute à une courte vie, et Dieu dans sa bonté, voulut que je pus regarder sa mort comme un bonheur; s'il eût joui de tous ses sens, il m'aurait été si affreux de le perdre, que je ne sais si j'aurais pu supporter une douleur aussi poignante, mais Dieu console lorsqu'il frappe, il m'a conservé mon Julien, il m'a donné mon Henriette, il m'a rapprochée de nos amis,

il m'entoure d'êtres chéris, et je dois
le bénir au lieu de murmurer. Alors
elle appelait son bouquet, c'est ainsi
qu'elle appelait nos enfans réunis, et
ils chantaient en quatuor des cou-
plets dont elle avait fait la musique,
et Julien, aidé de Sophia, les paroles:
on pardonnera la faiblesse de la
poésie en faveur de l'âge des poëtes
et du sentiment qui les inspirait; leur
romance était simple et touchante,
la musique avait le même caractère,
et je puis assurer, toute prévention
paternelle à part, qu'il était impossible d'entendre ces quatre voix si
jeunes, si fraiches, s'adressant à leur
mère aveugle, sans être ému jusqu'aux
larmes, ce chant produisait cet effet
sur tous ceux qui l'entendaient. Sophie, dont la belle voix était très-
bien conservée, soutenait celles des

petites, elle serrait dans ses bras le joli couple, et dans ce moment là n'avait pas l'air de rien regretter.

Couplets chantés en quatuor.

1.

Bonne maman ! bannis toute tristesse,
Nous t'aimons tant, tu nous rends tous heureux ;
Dans notre amour, nos soins, notre tendresse,
Dans tous nos cœurs tu retrouves tes yeux ;
    Toute notre vie,
    De maman Sophie,
    Doit être le bien ;
    Toujours, auprès d'elle,
    L'amitié fidelle
    Sera son soutien.

2.

Etre conduit, guidé par ce qu'on aime,
Chère maman, n'est-ce pas un plaisir,

Oui, près de toi, nous l'éprouvons de même,
Et l'imiter, te plaire, t'obéir,
      Voilà notre envie,
      De maman Sophie
      Nous sommes le bien,
      Toujours auprès d'elle,
      Pleins d'amour, de zèle,
      Soyons son soutien.

3.

Guidons tes pas, tu guideras notre ame,
Lisons pour toi, tu lis dans notre cœur,
Tu sais y voir ce que le tien réclame,
Ce sentiment qui fait tout ton bonheur,
      Enfans de Sophie,
      Toute notre vie
      Soyons ses soutiens :
      Amour fraternelle,
      Amitié fidelle,
      Réunis près d'elle,
      Voilà les vrais biens.

Au milieu de ces jouissances, que
le cœur maternel de Sophie était si

bien fait pour sentir, elle aurait facilement oublié, et ses privations,
et ses peines, si la plus cruelle, la
plus inattendue n'était pas venue la
frapper; Charles, ce Charles tant
aimé! parut s'éloigner d'elle. Ce changement, dont je fus enfin convaincu
moi-même, n'eût lieu que peu-à-peu,
et fut d'abord assez bien motivé pour
ne pas nous inquiéter : Il avait hé-
rité de son oncle une ferme, distante
de huit à dix lieues, elle avait besoin
de l'œil du maître, d'autant plus que
ne quittant jamais sa femme pendant
les cinq ou six premières années de
leur union, il avait entiérement négligé cette possession éloignée. Lorsque nous fûmes réunis, et qu'il n'eût
plus la crainte de laisser Sophie seule:
il me dit qu'il était de son devoir
de soigner l'héritage de ses enfans;

je l'approuvai, et il y fit des séjours
qui devinrent plus fréquens et plus
longs toutes les années : Dans les
commencemens il revenait le lendemain, puis il y resta des semaines,
et enfin des mois, qui paraissaient
bien longs à sa sensible compagne :
cependant elle ne s'en plaignait jamais, et le recevait toujours avec la
même tendresse et le même plaisir,
sans se permettre des reproches.
Mais Eléonore n'était pas aussi in-
dulgente, elle ne pouvait pardonner
à Charles de négliger une femme
telle que Sophie, et lui témoigner
la froideur la plus marquée. On a vu
dans ma seconde partie, combien
le caractère de ma femme était porté
aux extrêmes, elle avoit toujours
mis de la passion dans tous ses goûts,
et sa reconnaissante amitié pour

Sophie, devint une espèce d'enthousiasme. Quoique je fusse bien
près de le partager, je le trouvais
exagéré ; elle ne quittait pas un instant son amie ; ses grands yeux fixés
sur Sophie suivaient tous ses mouvemens, sans cesse occupée à prévenir
tous ses désirs, elle la tourmentait à
force de soins ; Sophie était accoutumée à se passer de la vue pour beaucoup de choses, et à trouver une sorte
de plaisir à vaincre ainsi les difficultés
de son état ; l'infatigable prévenance
d'Eléonore la privait de cette innocente satisfaction ; elle ne lui témoi-
gnait cependant aucune impatience
et paraissait touchée de ses soins ;
mais moi qui l'observais sans cesse,
je voyais qu'elle cherchait à échapper
à Eléonore sans pouvoir y parvenir ;
il en résultait encore un autre incon-

vénient, toujours occupée de son
amie, Eléonore avait moins de tems
à donner à l'éducation de nos filles.
La vive Sophia en profitait pour lui
échapper sans cesse ; heureusement
Charles avait une extrême prédilection pour elle ; lorsqu'il était avec
nous, il avait plus que personne le
talent de la fixer ; il la regardait
déjà comme sa fille, et je lui laissais
le soin de former à son gré celle
qui devait être la compagne de son
fils ; elle aimait aussi beaucoup son
parrain, et lorsqu'il voulait passer
quelque tems à sa ferme, il l'emme-
nait avec lui pour lui tenir compa-
gnie et pour continuer des leçons
commencées. La fermière, ancienne
domestique de la famille, était pour
elle une excellente bonne, et Sophia
au retour de ses excursions qui lui

plaisaient beaucoup , avait un air
plus réfléchi , un maintien plus posé ;
nous en étions tous plus contens ; j'en
remerciais Charles ; et j'aurais désiré
que ma femme lui témoignât la même
reconnaissance , mais je ne pus l'obtenir d'elle ; elle me dit que Charles
était impardonnable de préférer la
société d'une petite fille de douze ans
à celle de la plus aimable des femmes ; je le trouvais bien aussi , et je
lui aurais parlé de ses torts avec la
franchise de la véritable amitié ; si
Sophie n'avait pas exigé de moi un
silence absolu vis-à-vis de son mari ;
elle n'avait pu me cacher sa profonde
douleur ; mais elle n'était mêlée d'aucune amertume ; elle excusait Charles ;
elle m'assurait qu'au retour de ses
absences , elle le trouvait toujours
aussi tendre ; quoi que moins gai et

moins serein qu'autrefois ; mais elle
en accusait les années , ses occupations , ce nouveau goût d'agriculture
et les soucis qu'il entraîne , même
quelquefois la faiblesse de ses yeux
toujours sévères. Enfin elle me fit
jurer que jamais je ne ferais à mon
ami le moindre reproche sur ses
absences; j'obéis , mais il m'en cou-
tait également , et de faire quelque
chose à Charles, et de ne pas le ramener sur la route du vrai bonheur.

C'est ainsi que graduellement il
s'éloignait de nous, ce bonheur que
j'avais cru fixé pour jamais dans notre
intérieur; les jeux de l'enfance avaient
fait place à des études plus sérieuses,
et la petite campagne était presque
abandonnée : Julien fut placé dans un
institut à Paris, où son père avait
voulu le conduire; cette absence là

était motivée, mais elle se prolongea
plus que nous ne l'avions pensé et
durait déjà depuis plus d'une année
lorsque nous fûmes frappés d'un nouveau chagrin. Madame de ***, la
respectable mère de Sophie, et notre
mère à tous, nous fut enlevée, et
mourut après quelques jours de maladie, affligée de ne pas revoir son
gendre pour lui recommander sa fille.
Elle nous était utile et agréable à
tous; mais qui peindra la douleur de
Sophie ? Le sentiment filial, si profond dans les belles ames s'était encore renforcé du malheur de la fille
et de tout ce que l'excellente mère
avait fait pour l'adoucir; le chagrin
de la perdre, se joignant à celui de
la longue absence de son mari,
acheva de l'accabler; ce fut trop
pour elle d'être privée à la fois de

ces deux objets si chéris et de son
fils. Notre amitié fut insuffisante pour
la soutenir, sa santé succomba sous
le poids de tant d'afflictions, elle
tomba dangereusement malade, et
j'eus, dirai-je, helas! la crainte ou
l'espérance qu'elle suivrait bientôt sa
mère au tombeau. Pauvre amie! je
partageais trop ses peines, je l'aimais
trop tendrement pour lui envier le
bonheur céleste dont elle allait jouir;
je me rappelais cette phrase qui me
fit tant d'impression lors de notre
premier entretien : *un chemin obscur
me conduit à une lumière éternelle.*
Je la voyais s'approcher de cette
lumière à pas précipités, et je frémissais en pensant au repentir tardif
de Charles. Je lui avais écrit nos
malheurs et nos craintes, et j'eus la
consolation de le voir arriver plus tôt

que je le croyais possible ; il avait
couru jour et nuit, et il était dans
un tel état de fatigue et de désespoir
que je tremblai aussi pour lui, et
que j'eus des remords de ne l'avoir
pas assez ménagé ; nous ne pûmes
obtenir de lui de prendre un seul
instant de repos; prosterné devant
le lit de Sophie il lui adressait les
mots les plus touchans, et quelquefois les plus incohérens ; il lui jurait
qu'il n'avait aimé qu'elle seule au
monde, et lui promettait un bonheur
qui devait la rattacher à la vie; il
invoquait l'ame de sa belle mère et
celle de l'enfant qu'ils avaient perdu.
Hélas ! Sophie ne l'entendait pas,
cette voix chérie n'allait plus à son
cœur; depuis deux jours elle était
plongée dans une léthargie, que les
médecins nous annonçaient être

l'avant-coureur de sa mort, elle n'a-
vait plus aucun signe de vie, qu'une
respiration pénible; notre douleur à
tous tenait du désespoir, et celle du
malheureux Charles était un vrai délire;
penché sur ce lit de mort, il appelait
sa Sophie avec égarement, lorsque
tout à coup il crut entendre son nom
prononcé si faiblement que lui seul
s'en aperçut. — Dieu! elle m'appelle, s'écria-t-il, en se relevant.
Nous approchons et nous entendons
comme lui le nom de Charles, arti-
culé plus distinctement ; nous voyons
les lèvres décolorées de notre amie
former un léger sourire, et ses bras
s'étendre en avant comme pour saisir
un objet : est-ce que je me trompe,
disait-elle, est-ce encore un songe?
il m'a semblé entendre mon Charles
qui m'appelait. Oh! mon bien-aimé,

est-ce toi qui vient me rendre à la vie?
Je n'essayerai pas de rendre par des
paroles notre saisissement et l'excès
de notre joie ; nous poussions des
cris, nous nous embrassions, et notre
bonheur se confirma.

Bientôt Sophie nous avait tous
nommés , avait reconnu tous nos
accens ; mais ce fut peut-être un des
momens de sa vie où son aveuglement nous fut le plus pénible; il eût
été si doux de voir se rouvrir ses
yeux; ce premier regard que jette
quelqu'un échappé à la mort sur tout
ce qu'il retrouve, doit être si délicieux ; c'est là où l'on sent le retour
à la vie , et ses yeux , fermés encore
comme par la mort, jetaient une teinte
de tristesse sur sa résurrection ; mais
enfin elle était là , c'était elle, telle
que nous l'avions toujours vue et

chérie. Ses enfans, assis sur son lit,
couvraient ses mains de baisers et de
larmes de joie. Le médecin arriva,
et nous répondit de sa guérison; en
effet, chaque jour confirma nos espérances; nous la vîmes renaître par
degrés, et se rattacher à l'existence
par les soins tendres et soutenus de
son Charles qui ne la quittait pas
un instant; mon Eléonore, jadis si
sévère et si froide pour lui, avait
repris le ton de l'amitié; et combien
nous étions tous heureux ! il n'y manquait que notre Julien pour que notre
bonheur fut complet; ah ! disait quelquefois Sophie, que ne puis-je le
serrer aussi dans mes bras !

Il y sera bientôt si tu le veux, lui
dit Charles, il ne faut plus quitter
ni ton mari, ni tes enfans; je ne puis
plus me séparer ni d'eux, ni de toi;

je te propose, chère Sophie, ainsi qu'à nos amis, d'aller nous établir à Paris; nos enfans y trouveront plus de secours pour finir leur éducation que dans une petite ville de province; Sophia entre dans l'âge où chaque moment perdu ne se retrouve plus; ton fils y trouve des moyens de s'avancer; il en jouira sans être obligé de s'éloigner de ses parens, qui jouiront à leur tour de ses progrès : qu'en dis-tu, mon amie? un changement de domicile doit te convenir.

Sophie n'avait aucune objection à faire contre ce qu'on lui représentait; le désir de son mari et l'avantage de ses enfans étaient deux motifs décisifs pour elle. Partons, lui dit-elle en souriant, me voilà prête à vous suivre si vos amis y consentent; avec eux, avec toi, je trouverai partout le même bonheur et les mêmes

regrets ; le souvenir de la meilleure
des mères me suivra partout, pour
elle il n'y a plus de distance ; elle
sera mon ange protecteur, à Paris
comme ici. Préparez tout, mes amis,
je vous suivrai dès que j'en aurai les
forces, et bientôt elles reviendront,
puisque mon Charles est revenu.

Nous fimes nos préparatifs de dé-
placement avec joie ; Eléonore était
la seule qui ne se fit nul plaisir d'aller
vivre à Paris ; Sophie elle-même,
condamnée à ne voir aucune des
merveilles de cette immense capitale,
prévoyait des jouissances à les entendre raconter, à rassembler chez
elle, quelquefois, des personnes cé-
lèbres dont on lui avait lu les ouvrages ; « je n'ai d'autre titre pour les
attirer chez moi que mon malheur,
nous disait-elle avec sa modestie or-

dinaire ; mais, si j'en crois leurs écrits, leur cœur est aussi bon que leur esprit est distingué ; ils viendront consoler la pauvre aveugle de ses privations, par leur entretien, et ce sera une nouvelle source d'instruction pour mes enfans.

Eléonore, au contraire, jugeait tous les Parisiens d'après le seul qu'elle eut connu, le comte de Launai ; elle assurait qu'ils pouvaient être fort aimables, fort éloquens, mais que ce vernis brillant, et ce jargon séducteur, cachaient la perfidie, la fatuité, la légéreté, le mensonge, l'égoïsme, et qu'il lui serait impossible de croire un seul mot de tout ce que lui dirait une bouche Parisienne. J'irai avec vous ma chère Sophie, lui disait-elle, parce que je ne puis vivre loin de vous , mais dès que mes filles ne seront plus des enfans, je les éloignerai de ce séjour dangereux, quoique Sophia n'ait que quatorze ans ; peut-être l'est-il déjà trop pour elle ; nous cherchâmes tous à la rassurer ; Charles à cette occasion lui parla avec les plus grands éloges d'une pension pour les jeunes demoiselles, et de la maîtresse qui réunissait l'estime et la confiance générales , nous résolûmes d'y placer Sophia en arrivant, et dans la suite Emma et Henriette.

Dès que Sophie put soutenir le voyage , nous nous mîmes en route pour l'immense capitale de l'empire Français ; j'y avais été dans ma jeunesse , mais combien j'allais la retrouver embellie et intéressante sous tous les rapports!

Est-ce trop présumer de l'intérêt que j'ai désiré d'inspirer à mes lecteurs, que de croire qu'ils nous y trouveront établis avec quelque plaisir, et qu'ils partageront le bonheur inattendu qui nous y attend, et qui fera la quatrième et dernière époque de la vie de Sophie et de ses amis ?

~~~~~~~~~~~~~~~~~~~~~~~~~~~~~~~~~

QUATRIEME NOUVELLE.

~~~~~~~~

L'AVEUGLE A PARIS.

Fin de Sophie ou l'Aveugle.

CHARLES nous avait précédé de quelques jours. Il voulait louer un appartement et préparer tout pour notre arrivée ; nous voyageâmes à petites journées pour ne pas fatiguer notre chère convalescente. Nous arrivâmes le jour même que nous avions fixé à mon ami; il nous attendait et nous reçut à la porte d'un hôtel agréable, situé sur les Boulevards. Julien était avec lui et fut bientôt dans nos bras ; je le trouvai grandi et formé, il avait à côté de lui un jeune homme de la figure la plus intéressante, qu'il nous présenta sous le nom d'Edouard Belton, Ecossais, son camarade d'étude et son ami intime. Charles nous en avait déjà parlé avec beaucoup d'éloges, en se félicitant que son fils eut formé cette liaison. Il ne sait pas encore s'exprimer en français, nous dit Julien, quoiqu'il l'entende assez bien, mais il n'ose pas le parler ; il nous salua tous avec timidité et en silence, Charles le présenta plus particulièrement à Sophie ; il plaça la main du jeune homme dans celle de sa femme ; ma Sophie, lui dit-il, tu ne peux pas voir ce bon jeune homme, tu ne peux pas encore l'entendre, mais aime l'ami de ton Julien, il a pour

lui le cœur d'un frère ; il aura pour
toi celui d'un fils , « et moi pour lui
le cœur d'une mère , répondit-elle
avec attendrissement , en serrant
affectueusement la main du jeune
étranger. Pauvre enfant ! ajouta-t-elle,
il est séparé de ses parens ; nous lui
en servirons. Il baisa tendrement la
main de Sophie, elle la sentit mouillée
de larmes. « Bon et sensible jeune
homme ! bientôt , j'espère , nous
pourrons nous parler, j'ai souvent
regretté de n'avoir pas appris l'anglais , je le regrette plus encore à
présent, et malgré mon âge, je l'essayerai si vous voulez être mon maître ; je vous donnerai à mon tour
des leçons de français , vous le par-
lerez bientôt puisque vous l'entendez,
il ne vous faut qu'un peu de har-
diesse et d'usage; voyons, commen-

çons nos études , moi je puis déjà vous dire : « *il love you , friend of my son* (*) ; répétez après moi, *je vous aime, mère de mon ami* , et nous nous serons déjà dit bien des choses. »

Le timide jeune homme rougissait , il était ému et déconcerté , ses beaux yeux bleus attachés sur Sophie, semblaient chercher sa pensée au fond de son ame , mais il n'osait pas articuler les paroles qu'elle lui demandait. Julien les lui répéta lentement deux fois, alors il prit courage et les prononça assez correctement, du moins les premiers mots, il s'embarrassa à la fin de la phrase. Charles nous pria de le laisser tranquille pour

_____

(*) *Y love you friend of my son.*
Il vous aime ami de mon fils.

la première fois , et l'emmena seul
pour nous laisser plus long - tems
Julien. — Le jeune anglais vint embrasser son ami et lui dit en français,
à ce soir Julien , puis il sortit et
nous laissa enchantés de lui , de son
air doux et timide qui allait si bien
avec le genre de sa figure , de la
sensibilité de son regard. — Julien,
à la demande de sa mère ; le lui
dépeignit trait pour trait , et nous
raconta mille détails qui prouvaient
son bon cœur , son désir de s'ins-
truire et leur amitié mutuelle, Sophie
ne pouvait se lasser de l'entendre ;
mes vœux sont exaucés , dit-elle à
son fils ; je demandais sans cesse à
Dieu de te faire jouir du même bonheur que ton père , de te donner un
ami qui remplaçasse pour toi le frère
que tu as perdu ; mais une chose

m'inquiète encore, ton Edouard est étranger et vous serez séparés.

Jamais ma mère, dit Julien avec feu, nous nous le sommes promis, ses parens veulent se fixer à Paris, vous les connaîtrez, nous ne ferons qu'une seule famille ; ainsi que moi il a le bonheur d'avoir la plus tendre, la meilleure des mères. Eh bien, je serai l'amie de sa mère, lui dit Sophie, c'est un nouveau motif pour moi d'apprendre l'anglais.

Eléonore fronça le sourcil, Sophie, lui dit-elle, aimeriez-vous cette Ecossaise mieux que moi ? Sophie sourit et lui tendit la main, vous oubliez, lui dit-elle, depuis combien de tems nous nous aimons, et quels liens nous unissent, n'êtes vous pas la femme de l'ami de mon Charles, la mère de Sophia, de celle qui

doit être aussi ma fille? Ce jeune
Edouard m'intéresse, mais depuis
un instant seulement, il n'a pas, il
n'aura jamais dans mon cœur le rang
de ceux-ci. Il l'aura quand vous le
connaîtrez mieux, dit Julien à sa
mère. Ah oui, il l'aura, répéta
Sophia avec vivacité, en baisant la
main de sa maraine.

Depuis long-tems j'observais ma
fille avec étonnement; elle et Julien
s'étaient revus avec plaisir, mais sans
émotion, et Sophia m'avait parue
beaucoup plus occupée du jeune
étranger qu'on venait de nous présenter ; elle n'avait pas ouvert la
bouche pendant qu'il était là, mais
son regard attaché sur lui avait ex-
primé le plus tendre intérêt. Il l'avait
aussi beaucoup regardé et je n'en
étais pas surpris. Elle étoit si belle

et si jolie ! Je le fus bien davantage
et de l'avoir vue rougir excessivement
lorsqu'il la salua, et de cette expression marquée de sensibilité que je
n'avais jamais vu dans les yeux de
ma petite étourdie, son silence même
était une singularité, elle qui ba-
billait sans cesse. Lorsque sa maraine pria Edouard de venir souvent
chez nous, elle sourit avec l'air du
bonheur ; quand il sortit elle le suivait des yeux ; quand Julien faisait
son éloge, elle semblait prête à le
répéter. Je ne savais comment expliquer ces nuances vis-à-vis d'un
jeune homme qu'elle voyait pour la
première fois. Etait-ce un de ces
coups de sympathie dont on parle
et auquel je ne crois guère ? Elle
était bien jeune pour l'éprouver, et
je tenais trop à l'idée de l'unir à Julien

pour ne pas repousser cette supposition. J'aimais mieux attribuer sa conduite dans cette occasion à la coquetterie innée chez elle. Je me promis d'en parler à sa future institutrice et de tâcher qu'on modérât cette disposition, pour qu'elle ne fut plus que le désir général de plaire, qui sied si bien aux femmes.

Dès le lendemain Sophia nous demanda de la conduire à sa pension : Tout ce qui est nouveau a de l'attrait pour elle, pensais-je, et cela m'explique ses manières avec le jeune étranger : on se rendit à son impatience, et le jour même on la conduisit chez M.me de L**, la maîtresse de pension dont Charles nous avait parlé ; Sophie voulut être de cette course, et connaître du moins le son de voix et la conversation de celle à qui on

allait confier sa filleule et sa belle-
fille future , et dont Charles nous
avait dit tant de bien. Notre attente
ne fut point trompée , Mme de L**
réduite par des malheurs à prendre
cet état, l'avait continué par goût,
par le charme attaché aux soins
qu'on donne à l'enfance, à la former
aux vertus et au bonheur. Ayant
reçu elle-même une excellente éducation et l'ayant cultivée par habitude elle pouvait diriger celle de ses
élèves, et contre l'usage des maî-
tresses de pension, qui se fient pour
tous les détails aux sous-maîtresses,
elle présidait elle-même à toutes les
leçons; son premier soin était d'étudier les caractères de ses élèves ,
elle était convaincue que cette méthode qui réussit avec un enfant ,
manque avec un autre, elle se gardait

bien de les conduire par des règles
générales, elle était là-dessus parfaitement d'accord avec Sophie et
avec Eléonore, qui n'avait point
d'autre opinion que celle de son
amie : « Nous n'aurions cédé à personne au monde, lui dit cette dernière, le bonheur d'élever nos filles,
si je n'avais pas été privée de la
vue ; je ne pouvais les surveiller,
et ma parfaite amie, Mme Eléonore
de P**, qui, a me dit-on, les plus
beaux et les meilleurs yeux possibles, s'est tellement consacrée à
me dédommager de la perte des
miens, qu'il lui reste peu de loisir ;
nous sommes heureuses de voir et
de sentir que nous serons aussi bien
remplacées, et nous vous promettons
d'avance deux autres élèves, trop
jeunes encore pour vous les donner.»

T. I.   9

Les deux mères entrèrent ensuite
dans quelques détails sur le caractère de Sophia : Pour les laisser parler
en liberté je menais ma fille à l'Institut de Julien, qui se trouvait dans
le même quartier; nous le deman-
dâmes à la porte, il vint avec son
inséparable Edouard. — Nous allâmes
nous promener au jardin du Luxem-
bourg, Edouard et Sophia paraissaient fort contens de se retrouver,
et je pus faire à peu près les mêmes
remarques que la veille; nous re-
vinmes chez Mme de L**, à qui je
présentai les jeunes amis; à la prière
de Julien, je demandai qu'il leur fut
permis de venir voir quelques fois
Sophia en sa présence. — Ce n'est
pas mon usage, nous dit la sage institutrice, de recevoir les frères de
mes pensionnaires et moins encore

leurs amis , mais lorsque ces mes-
sieurs vous accompagneront chez
moi je les verrai avec plaisir. Sophie
dit quelques mots amicals à son pro-
tégé Edouard et nous remontâmes
en voiture , en laissant tout de suite
Sophia dans sa nouvelle demeure ;
elle l'avait désiré, et versa beaucoup
de larmes en se séparant de ses deux
mamans. Ce contraste était dans la
nature ; je vois avec plaisir, nous dit
M.me de L**, que sa vivacité ne l'empêche pas d'être sensible , je crois
qu'on peut tirer un grand parti de
cet accord , et qu'il produit les personnes les plus aimables, je suis bien
trompée si votre Sophia n'est pas
digne à tous égards d'être votre
fille.

Depuis que nous avions formé le
projet de nous établir à Paris , mon

amie avait témoigné le désir bien
naturel de visiter l'asile de ses com-
pagnons d'infortune, le bel établissement formé depuis quelques années
pour élever les jeunes aveugles ; je
lui proposai d'y aller en revenant,
et je n'ai pas besoin de dire combien elle fut enchantée, attendrie,
et l'impression profonde qu'elle en
éprouva ; elle les entendit déchiffrer
de la musique, et lire avec facilité,
au moyen du toucher si perfectionné
chez les aveugles, et des livres et de
la musique imprimés pour eux en
relief. Elle admira cette belle in-
vention, et voulut devenir une des
écolières de leur instituteur : elle se
promit de grands plaisirs de cette
étude, elle questionna plusieurs de
ces jeunes gens avec un intérêt fra-
ternel sur la cause de leur cecité,

sur leurs occupations , sur leurs familles, etc. , etc. Elle eut la satisfaction de les trouver presque tous
résignés et même assez contents de
la vie; tous convinrent qu'ils éprou-
voient le même sentiment qu'elle
m'avoit avoué autrefois. Celui du
plaisir extrême attaché à la diffi-
culté vaincue qui se renouvelle à
chaque instant dans cet état. Elle
remporta de cette visite encore plus
de calme. Ah ! nous disait-elle au
retour, comment oserais - je me
plaindre de mon sort, moi toujours
entourées d'êtres chéris, qui n'exis-
tent que pour mon bonheur, qui
ne pensent qu'à m'éviter des peines,
moi, si long-tems heureuse fille,
encore si heureuse épouse et mère,
tandis que ces pauvres enfans, privés
de la vue, et vivans au milieu d'é-

trangers , ne murmurent pas , ils
sont, il est vrai, instruits et traités
avec une extrême douceur , mais
peut-on la comparer avec ces soins
si touchans et si tendres dont je suis
l'objet continuel , et qui me font
bénir mon malheur; avec cette amitié
qui n'eut jamais d'égale , et que je
suis fière d'inspirer?

Sophie avait raison. Quelle femme
fut jamais plus chérie, plus respectée?
Elle était le centre où se réunissaient
nos diverses affections ; Eléonore
m'en aimait mieux et me considérait
davantage, parce que j'étais l'ancien
ami de Sophie, et que c'était à moi
qu'elle devait de la connaître : Elle
m'était devenue aussi bien plus
chère depuis qu'elle avait su ap-
précier Sophie et la prendre pour
modèle ; nos enfans, entièrement

confondus dans nos cœurs, formaient entre nous un lien que rien ne pouvait plus affaiblir, à peine savions nous nous-mêmes ceux qui nous devaient la vie ; Henriette et Julien m'étaient aussi chers que mes deux filles, et Sophie aimait ces derniers autant que si elle eût été leur mère. Ainsi l'on savait quel charme répand sur toute l'existence, une liaison aussi intime que l'était la nôtre ; il n'est personne qui ne fit les plus grands sacrifices pour l'obtenir.

Qu'un ami véritable est une douce chose !
Il cherche nos besoins au fond de notre cœur.

A dit le bon la Fontaine dans la fable des deux amis du Monamotapa ; sans aller aussi loin on en trouvait chez nous le modèle. L'un de nous cependant eut bien long-tems le premier des torts en amitié, dit-on, celui de manquer de confiance avec ceux qui en avoient une entière en lui, mais ce fut cette amitié même qui le rendit coupable, lorsqu'enfin il nous découvrit l'important secret qu'il nous cachait depuis tant d'années : nous fûmes tous si heureux, qu'aucun de nous n'aurait voulu troubler le bonheur général par le moindre reproche ; je demande à mes lecteurs la même indulgence, et je vais leur apprendre ce secret qu'ils ont deviné peut-être et dont j'étais bien loin de me douter.

En revenant de l'Institut des Aveugles, la conversation tomba naturellement sur celui des Sourds-Muets, fondé par le fameux abbé de l'Epée, qui le présidait lui - même avec un grand succès; ces jeunes infortunés, condamnés par la nature à une nullité complète, reprenaient un nouvel être sous les soins de leur bienfaiteur. J'en avais vu dans ma province deux exemples étonnans, qui me donnèrent le désir le plus vif de le voir, et de me former une idée des moyens qu'il employait pour développer l'intérêt de ses élèves, leur donner une idée distincte des choses qui semblent le moins à leur portée, et leur rendre même l'usage de la parole, sans le secours de l'ouïe; l'un des jeunes sourds-muets de naissances que j'avais vu, revint de l'Institut parlant très-intelligiblement; un accent plus lent, quelques distonations dans le son de la voix étaient les seules différences; l'autre n'avait pu apprendre que quelques mots d'usage , mais il comprenait si bien et si vîte le mouvement des lèvres et les signes de ceux auxquels il était habitué , il écrivait avec tant de facilité qu'on avait avec lui des entretiens très-suivis. Tous les deux lisaient des yeux rapidement, et les extraits qu'ils faisoient de leurs lectures prouvaient que ce n'était pas des yeux seulement , et que leur savoir et leur intelligence surpassoient celles des jeunes gens de leur âge , doués de tous leurs organes ; j'en avais été très-frappé, mon désir de juger par moi-même ce genre étonnant d'instruction en avait augmenté, et lorsqu'il fut question d'aller à Paris, ce fut une de mes premières pensées ; je n'en parlai point à mes amis, j'aurais craint de renouveller leurs regrets sur le fils qu'ils avaient

perdu ; j'avais remarqué l'impression profonde que fit sur Charles,
ce que je lui avais raconté des deux
jeunes muets dont j'ai parlé, il avait
été très-ému, et m'avait conjuré de
ne rien dire devant Sophie qui fut
relatif à ce sujet ; je le lui promis
et lui tint parole. Mais le directeur
des aveugles lui demanda si elle
avait déjà vu les sourds-muets, et
dès que nous fûmes en voiture, ce
fut elle qui nous en parla, et nous
proposa d'y aller. Elle témoigna
beaucoup de curiosité de causer
avec leur instituteur, elle ne parla
point de l'enfant qu'elle avait perdu,
mais il était facile de juger sur l'expression de sa physionomie que c'était
l'unique pensée qui l'occupait. Charles
avait l'air de souffrir, il me fit un
signe que je compris, je dis à Sophie

que l'heure était passée, que pour être reçu et assister à une séance il fallait y aller le matin. — Eh bien demain matin, répondit-elle, nous irons prendre Julien, Edouard et Sophia pour y venir avec nous. — Nous rentrâmes à l'hôtel, Charles nous dit qu'il avait mal à la tête, et se retira d'abord dans sa chambre; Eléonore et Sophie étaient tristes toutes les deux de s'être séparées de Sophia, sa vivacité nous égayoit, nous animait, elle nous manquait à tous. Nous nous séparâmes plus tôt qu'à l'ordinaire. Le lendemain, au moment, où, suivant mon usage, j'allais passer chez Charles, on me remit une très-grosse lettre de sa part; je l'ouvris avec surprise, et cette surprise augmenta beaucoup lorsque je lus ce qu'elle contenait;

elle était commencée de la veille
de notre arrivée , et continuée suc-
cessivement jusqu'à la nuit précé-
dente; je vais la transcrire à mes
lecteurs.

Paris, ...

» Mon cher Henri, j'ai plus d'un
» tort à t'avouer, et le moment en est
» venu; tu vas connaître en entier
» celui à qui tu donnes depuis si long-
» tems le titre sacré d'ami, qui te
» chérit depuis notre enfance comme
» un autre lui-même, et qui cepen-
» dant a pu te cacher pendant douze
» ans un des plus grands intérêts de
» sa vie, et t'offenser bien plus direc-
» tement encore. Tu sauras tout,
» absolument tout, plus de mystère
» entre nous, plus de sentiment que
» je doive te céler. Pour me pardon-

» ner à moi-même j'ai besoin de ton
» pardon, de celui de ma Sophie et
» de ton Eléonore; je l'obtiendrai,
» car je vous connais tous les trois,
» vous avez aussi besoin de m'aimer.
» Ma sincérité actuelle fera oublier
» ma dissimulation passée. — Nous
» allons être si heureux ! le bonheur
» doit rendre indulgent. Pouvez-vous
» m'en vouloir si je vous en ai pré-
» paré un bien inattendu pour le soir
» de votre vie.

» Je vais donc commencer avec toi
» la confession de mes péchés, je la
» ferai ensuite en partie à Sophie,
» j'aurai près d'elle un puissant avo-
» cat, je connais son cœur et je suis
» tranquille ; je m'en suis ménagé aussi
» un près de toi, et j'ai déjà fait ma
» paix avec Eléonore. Je vais donc
» parler avec confusion et repentir

» du passé, mais sans crainte pour
» l'avenir.

» J'avais obtenu la main de Sophie
» et j'étais le plus heureux des hom-
» mes; au bout de deux années mon
» bonheur avait triplé, j'étais père
» de deux fils, ils venaient à mer-
» veille. Victor, le cadet, était,
» comme cela se voit souvent, le
» petit favori de la mère, qui ché-
» rissait aussi Julien, son fils aîné,
» et savait cacher cette légère préfé-
» rence. Le parfait bonheur n'est sans
» doute pas possible sur cette terre;
» le nôtre fut cruellement altéré par
» l'imprudence qui faillit ôter la vie
» à Victor, et qui le priva complè-
» tement de l'ouïe. Il fut asphyxié,
» comme tu le sais, par du charbon
» allumé près de son berceau; je le
» trouvai sans connaissance et le

» ranimai avec beaucoup de peine;
» nous fûmes quelques tems sans nous
» apercevoir des cruels effets de cet
» accident ; mais enfin les années
» s'écoulèrent sans qu'il fut possible
» de lui faire prononcer un seul mot,
» parce qu'il n'entendait aucun son;
» ce fut alors seulement que je donnai
» le nom de malheur à l'état de cécité
» de ma compagne. Je te le jure,
» jusqu'à ce moment là nous y avions
» vu tous les deux une source de
» bonheur de plus. Je sais que ce
» sentiment paraîtra exagéré ou roma-
» nesque, mais ce n'est pas à toi,
» ce n'est pas à ceux qui connaissent
» ma céleste Sophie, qui savent com-
» bien elle peut être heureuse par le
» sentiment, quel charme elle sait
» répandre autour d'elle, et combien
» les soins que son état demande ont

» de douceur. — Mais lorsque je me
» représentais la plus tendre des
» mères, ne pouvant avoir aucune
» communication avec son enfant
» chéri, privée de le voir, de l'en-
» tendre et d'en être entendue, ma
» raison succombait à cette affreuse
» pensée, déjà je la voyais tomber
» dans une mélancolie que je com-
» prenais trop bien pour ne pas l'ex-
» cuser ; je la trouvais souvent bai-
» gnée de larmes ; serrant dans ses
» bras son malheureux enfant, fai-
» sant des efforts inutiles pour lui
» faire entendre et articuler un seul
» mot ; il la connaissait cependant, il
» lui souriait, il lui tendait ses petits
» bras, il la cherchait des yeux. —
» Mais Sophie ne le voyait pas, et
» cette légère consolation lui était
» même interdite ; elle que j'avais

» toujours vue si résignée cessait de
» l'être, et nous eûmes la douleur,
» sa mère et moi, de la voir quelque-
» fois tout près du murmure et du
» désespoir. Pendant les cinq années
» qu'elle conserva son enfant, lors-
» qu'elle prenait sur elle, pour nous
» cacher le chagrin qui la dévorait,
» sa santé en souffrait visiblement.
» Je l'avoue, tout céda chez moi à la
» crainte de la perdre ou de la voir
» malheureuse ; plus d'une fois je priai
» Dieu de retirer à lui cet être infor-
» tuné, condamné à tant de privation
» et peut-être à causer la mort de sa
» mère, et cependant je l'aimais ten-
» drement, je donnais à sa vie et à
» sa santé les mêmes soins qu'à celle
» de son frère ; on leur inocula la
» petite vérole en même tems ; ma
» femme était trop victime de cette

» maladie pour négliger cette pré-
» caution, mais elle devait prendre
» aussi celle de les éloigner de la
» maison, parce que la mère ne l'a-
» vait pas eue et la craignait beaucoup.
» C'est peut-être cette circonstance
» qui avait causé le malheur de Sophie.
» On avait empêché Madame de ***
» de soigner elle-même sa fille, la
» vigilance maternelle aurait peut-
» être sauvé les yeux de la petite
» malade : c'était trop tard lorsqu'elle
» la rejoignit. Actuellement elle lui
» était trop nécessaire pour qu'il lui
» fut possible de les séparer, Sophie
» ne pouvait point soigner ses enfans.
» Il fut donc convenu que j'irais m'é-
» tablir avec eux, pendant l'opération
» et la maladie, dans ma ferme dis-
» tante de quelques lieues ; elle était
» située dans un climat plus sain que

» notre demeure ordinaire. — Les
» médecins que je consultais sans
» cesse sur la surdité complète de
» mon fils cadet, m'avaient donné un
» léger espoir que l'éruption de la
» petite vérole pourrait y apporter
» quelque changement. Cet espoir
» fut anéanti; le pauvre enfant eut
» beaucoup de boutons et n'entendit
» pas mieux. — Ce fut pendant ces
» six semaines de solitude que l'idée
» de persuader à ma femme qu'il
» n'existait plus s'empara de moi, et
» devint enfin un plan arrêté que
» j'exécutai très-facilement, et qui
» finit par me paraître un devoir; je
» sauvais par là à la mère l'idée dé-
» chirante qui se renouvelait sans
» cesse et nourrissait son chagrin;
» j'assurais à cet enfant un sort bien
» plus doux, bien plus heureux en

» le faisant vivre dans une retraite
» agréable, qu'en le laissant à côté
» d'un frère si fort favorisé par la
» nature. Si Victor devait avoir le
» sentiment de cette différence, il en
» serait plus malheureux ; s'il ne l'a-
» vait pas, s'il était privé même de
» ce degré d'intelligence, ne valait-il
» pas mieux l'éloigner en lui donnant
» tous les moyens de bonheur à sa
» portée ? Cela m'était d'autant plus
» facile que les fermiers de mon do-
» maine m'étaient entièrement dé-
» voués; c'étaient des anciens servi-
» teurs de la famille ; la fermière avait
» été ma nourrice, elle était bonne,
» sensible et active. Ayant eu souvent
» l'occasion de voir le profond cha-
» grin de ma femme sur l'état de cet
» enfant, elle approuva mon plan en
» entier et me promit de se consacrer

» entièrement aux soins que deman-
» dait Victor, et de lui rendre l'exis-
» tence aussi douce qu'elle pouvait
» l'être. Je pris tout de suite toutes les
» précautions pour son avenir dans le
» cas où je mourrais subitement. Un
» écrit par lequel je le reconnaissais
» pour mon fils, fut déposé chez un
» notaire, ainsi qu'une lettre à toi, où
» je te nommais son tuteur; un ca-
» pital fut placé sur sa tête, et dès ce
» moment les intérêts furent consa-
» crés à son entretien. Jacques et
» Susanne, ses gardiens, me jurèrent
» sur l'Evangile de me garder le se-
» cret, mais ils exigèrent aussi de
» moi le serment de ne le confier de
» mon côté à personne au monde.
» — Tous ces arrangemens pris,
» j'écrivis à ma belle-mère, que la
» petite-vérole de Victor était mau-

» vaise, et dans une seconde lettre
» je lui annonçai sa mort, en la char-
» geant d'y préparer sa fille. J'arrivai
» moi-même avec Julien peu de jours
» après, et passé les premiers mo-
» mens d'attendrissement, j'eus le
» le plaisir de trouver Sophie plus
» calme et bien plus résignée à la
» mort de cet enfant qu'elle ne l'était
» à sa vie. Après une absence de
» deux mois, la première depuis
» notre mariage, elle retrouva son
» Charles et son Julien ; elle trans-
» porta sur le fils qui lui restait toute
» sa tendresse maternelle et bénit
» Dieu mille fois de ce que ce n'était
» pas celui-là qui eût succombé.
» Tout en conservant un souvenir
» tendre et triste de son pauvre
» Victor, je la vis par degrés repren-
» dre toute sa sérénité, une nouvelle

» grossesse et la naissance de notre
» Henriette vinrent achever de la con-
» soler ; notre réunion, qui fixait au-
» près d'elle des amis si chers, si
» précieux, eut lieu l'année suivante
» et devint un nouveau moyen de
» bonheur ; il fut doublement inap-
» préciable pour moi ; ne craignant
» plus de laisser ma femme seule, je
» pouvais faire des courses plus fré-
» quentes à ma ferme et voir le petit
» *Edouard*; c'est le nouveau nom
» que je lui avais donné; c'est celui
» sous lequel je viens de te le pré-
» senter, car tu as deviné sans doute
» en me lisant, que ce jeune Anglais,
» cet ami de Julien, qui t'a si fort
» enchanté n'est autre que mon Vic-
» tor, mon pauvre sourd-muet, rendu
» à la société et à sa famille, par les
» soins de l'abbé de l'Epée, à qui je

» voue une éternelle reconnaissance.
» Mais c'est à toi, mon cher Henri,
» que je dois en premier lieu ce bon-
» heur. Tu te rappelles sans doute
» que, peu de tems après notre réu-
» nion, tu me parlas un jour avec
» enthousiasme de cet homme célè-
» bre, de son établissement, et de
» deux jeunes gens de ta connais-
» sance à qui il avait rendu la faculté
» de s'exprimer ; tu vis mon trouble,
» mon émotion, tu les crus causées
» par mes regrets, et c'était par mes
» espérances. Je vis mon fils rendu
» à sa mère, et notre bonheur assuré ;
» je fus sur le point de m'ouvrir à
» toi, mais ma promesse faite à mes
» fermiers me retint. Ils tenaient
» si exactement celle qu'ils m'avaient
» faite; Victor était soigné par eux
» avec tant de tendresse, qu'ils ne

» me laissaient rien à désirer ; je re-
» doutai aussi ton blâme, peut-être
» ton indiscrétion vis - à - vis de ta
» femme , et celle d'Eléonore vis-à-
» vis de la mienne. Irais-je risquer
» de réveiller dans cette ame sensible
» des sentimens si douloureux, et de
» lui donner le tourment de l'incer-
» titude? j'étais décidé à conduire
» Victor à Paris , dès que l'abbé de
» l'Epée voudrait le recevoir; mais
» qui m'assurait qu'il réussirait? L'en-
» fant n'articulait pas même un son,
» il montrait, il est vrai, assez d'in-
» telligence et de sensibilité, mais sa
» santé était très-délicate, et peut-
» être, en avouant son existence, je
» ne ferais que donner à sa mère la
» douleur de le perdre une seconde
» fois. Je me décidai donc à me taire
» encore, et à redoubler même de

» précaution pour garder mon secret;
» j'écrivis à l'abbé de l'Epée sous un
» nom supposé ; je lui indiquai la
» poste restante d'une autre ville pour
» me répondre ; j'y fus chercher moi-
» même la lettre qui ne se fit pas
» attendre et qui me donnait des es-
» pérances : il consentait à recevoir
» mon fils au nombre de ses élèves,
» mais seulement lorsqu'il aurait
» quinze ans, et que son physique
» serait plus fort et plus développé; il
» me donnait tous les renseignemens
» nécessaires pour son éducation pré-
» paratoire jusques à cette époque;
» il désirait surtout que Victor eut
» occasion de voir quelquefois un
» enfant qui fut très-vif et très-cau-
» sant, et préférait, s'il était possible,
» que ce fut une jeune fille ; enfin
» comme son infirmité venait d'un
» accident et non pas de la nature,

» il me conseillait d'essayer tous les
» puissans moyens que la physique
» expérimentale fournit , tels que
» l'électricité, le galvanisme, les dou-
» ches , et de fortifier son tempé-
» rament par beaucoup d'exercices.
» — Rien ne fut négligé , ce fut alors
» que, sous divers prétextes, je fis ces
» absences fréquentes et prolongées
» qui t'inquiétaient , et peut - être
» affligeaient ma Sophie. Elles
» avaient encore un autre motif bien
» puissant et que vous étiez loin de
» soupçonner..., Oh mon ami ! j'ai
» résolu de ne rien te cacher et je
» tremble de l'aveu qui me reste à
» te faire.,... Pourquoi cependant ?
» , il augmentera ton bonheur , et
» je n'ai rien à t'apprendre dont j'aie
» à rougir , nous semblons destinés
» à voir et à sentir de même , à rece-

» voir les mêmes impressions, ainsi
» que moi je t'ai vu adorer ma So-
» phie; eh comme toi, je n'ai pu
» résister aux charmes de ton Eléo-
» nore, à ces yeux tels qu'ils n'en
» existe point peut-être d'aussi dan-
» gereux à contempler, à ce regard
» si doux, si expressif. Peut être que
» l'absence complette de ces avan-
» tages chez ma Sophie les rendit
» encore plus dangereux pour moi.
» Un sentiment passionné s'empara
» de mon cœur, égara ma raison; je
» voulus le combattre de toutes les
» forces de mon ame, mais chaque
» jour il prenait plus d'empire, et je
» ne fus plus le maître enfin de le
» cacher à celle qui me l'inspirait;
» oui Henri, j'ai aimé ta femme avec
» une violence dont toi-même peut-
» être tu ne peux te faire aucune

» idée. Un sentiment heureux par-
» tagé ne peut pas être comparé avec
» celui qui s'arrête et s'augmente en-
» core par des obstacles. Sans rien
» espérer, n'osant pas même désirer
» d'être écouté, je fis le coupable
» aveu de mon amour, à la fidèle et
» noble Eléonore, et la profonde in-
» dignation que je lus dans ses yeux
» fut ma première punition. Vous,
» me dit-elle, en reculant avec hor-
» reur, vous.... vous, l'époux de
» Sophie, vous, l'ami de Henri,
» vous Charles...., ce fut tout ce
» qu'elle prononça, mais avec une
» fermeté, une dignité; qui m'anéan-
» tirent; couvert de confusion, je
» voulus me jeter encore à ses pieds
» pour obtenir mon pardon, elle
» m'en empêcha; je vous pardonne-
» rai, me dit-elle, quand vous vous

» serez pardonné à vous-même; tout
» ce que je puis vous promettre à
» présent, c'est que ni votre ami, ni
» mon amie, ne sauront par moi com-
» bien vous les offensez, mais vous
» ne me verrez plus qu'en leur pré-
» sence. Elle a tenu parole; dès ce
» moment, elle devint inséparable
» de Sophie; et je ne l'ai plus revue
» seule; cette conduite si sage, si
» soutenue, si éloignée de toute co-
» quetterie, me fit rentrer en moi-
» même; je désirai de bonne foi de
» guérir d'un sentiment inutile et
» coupable, et de retrouver au moins
» l'estime de ta compagne; j'essayai
» de l'absence comme du seul moyen
» en mon pouvoir, et ce motif, se
» joignant à celui de soigner Victor
» d'après les conseils de l'abbé de
» l'Epée, je passai des mois entiers,

» soit à ma ferme, soit à faire avec
» lui des petits voyages à cheval,
» qui le fortifièrent entièrement. Je
» te demandai quelquefois ta Sophia
» pour m'accompagner, ce n'était
» cependant pas le moyen de me
» guérir , sa parfaite ressemblance
» avec sa mère me la retraçait sans
» cesse , et m'attachait plus encore à
» cette charmante enfant ; elle était
» d'ailleurs précisément la jeune fille
» que l'abbé de l'Epée demandait,
» gaie , vive, animée et cependant
» bonne et sensible : elle ne connais-
» sait point Victor, dont à peine elle
» avait entendu parler, et son étour-
» derie prévenait toute réflexion. Il
» lui fut présenté comme un jeune
» étranger; elle le crut, s'attacha à
» lui d'abord par pitié, ensuite par
» l'attrait de lui être utile et de le

» dominer, et enfin par reconnais-
» sance de l'amitié excessive qu'il
» prit pour elle ; il lui obéissait au
» moindre signe et son intelligence
» se développa avec sa jeune amie
» bien plus promptement que je n'o-
» sais l'espérer ; elle composa pour
» lui un langage de signes et de fleurs
» qu'il saisit avec une extrême rapi-
» dité ; elle lui donna des leçons
» d'écriture, et parvint même, à force
» de peine, à lui faire articuler quel-
» ques voyelles ; cette Sophie si vive,
» si pétulante que vous ne pouviez
» parvenir à fixer un instant, passait
» des heures entières assise à côté de
» son élève à lui faire répéter les
» leçons avec une patience inouïe ;
» c'était avec un bien grand chagrin
» qu'ils se séparaient lorsqu'il fallait
» ramener Sophia auprès de vous ;

» ils s'embrassaient en fondant en
» larmes. — Consoles-toi, Edouard,
» lui disait-elle avec ses jolis petits
» signes, et en lui donnant des fleurs
» dont chacune avait sa signification;
» je reviendrai bientôt, et je penserai
» toujours à toi, une rose de haie,
» une pensée, une fleur de grena-
» dier voulaient dire tout cela. Victor
» la comprenait à merveille, baisait
» son bouquet, le mettait dans l'eau,
» le renouvelait et passait le tems de
» l'absence à répéter les leçons de sa
» jolie maîtresse. Sophia, de son
» côté, s'occupait beaucoup de son
» ami muet, mais n'avait garde d'en
» parler à personne, car je lui avais
» dit : du moment que tu parleras
» d'Edouard à qui que ce soit au
» monde, tu ne le reverras de ta vie.
» — Quoi, pas même à ma marraine?

» cela l'aurait tant amusée. — Pas du
» tout, je t'assure, au contraire ; ne
» sens-tu pas qu'il ne faut pas lui rap-
» peler qu'il existe des malheureux
» privés comme elle de quelque sens?
» Ah ! vous avez raison, mon parain,
» me dit l'aimable petite, je n'avais
» pas songé à cela, mais à papa qui
» voit, qui parle, il aurait bien pitié
» du pauvre Edouard, il est si bon,
» ni à ton papa non plus, ni à ta ma-
» man, ni à tes sœurs, ni à Julien,
» ni à personne ; je veux voir si tu
» sais bien garder un secret, celui-
» là sera à nous deux et notre Edouard
» aussi. — Cette idée la flatta. Ah oui,
» rien qu'à nous deux ; laissez faire,
» lui dit-elle en passant son joli doigt
» sur sa bouche, je serai muette,
» muette comme lui, mais je le re-
» verrai, n'est-ce pas, et puis j'y

» penserai sans rien dire, tout comme
» il pense à Sophia. — Henri , si tu
» le veux encore, Sophia sera ma fille;
» je suis bien trompé si elle ne préfère
» pas mon Victor au plus éloquent.
» des hommes, et même à Julien,
» quoiqu'elle l'aime aussi beaucoup,
» mais comme un frère , et son ami
» Edouard qu'elle ne connaît encore
» que sous ce nom, comme on doit
» aimer celui à qui on se donne
» pour la vie. La pauvre petite eut
» grand peine à cacher son trouble,
» quand elle le retrouva ici. « Dois-
» je encore dire que je ne le connais
» pas, » m'a-t-elle demandé. Il ne
» faut rien dire mon enfant , ne
» point parler de lui quelques jours
» encore, je l'exige de toi. « Eh bien,
» je vais prier papa et maman de me
» mettre tout de suite en pension ,

» j'ai trop de peine à traiter Edouard
» en étranger, à ne pas lui faire un
» seul signe d'amitié, et lui ne doit
» pas me connaître non plus, n'est-ce
» pas? Ah ! c'est trop triste, trop
» difficile , il vaut mieux ne pas se
» voir. » Victor n'est pas du même
» avis que ta fille, la vue est beau-
» coup pour lui, il demande à chaque
» instant à Julien : » quand reverrons-
» nous Sophia? »

» Enfin le moment arriva de le
» conduire à Paris, je vous dis alors
» que je voulais y mener Julien, et
» en effet, je voulais alors les rap-
» procher, mon fils aîné était assez
» formé, assez raisonnable pour lui
» confier notre secret, et j'attendais
» beaucoup de ses soins fraternels ,
» pour seconder ceux de l'abbé de
» l'Épée. Je partis avec lui, cette ab-

» sence devait être bien plus longue
» que les précédentes, il me fut im-
» possible de l'entreprendre chargé
» du courroux d'Eléonore, et peut-
» être de son mépris. Elle s'éloignait
» moins de moi depuis qu'elle voyait
» mon intention sincère de me guérir,
» je pus donc la voir seule un ins-
» tant, et la conjurer de me rendre
» son estime et son amitié. — Toutes
» les deux, me répondit-elle, vous se-
» ront acquises à jamais, lorsque votre
» amour sera tout pour Sophie. « Je
» n'ai jamais cessé de la chérir, lui
» dis-je. « Il me semble que j'ai deux
» cœurs, dont l'un est tout à Eléonore
» et l'autre tout à Sophie. » « Pour
» quoi nous loger ainsi séparément?
» me dit-en souriant ton aimable
» compagne, Sophie et moi nous
» sommes aussi inséparables que vous

» et mon Henri , elle doit avoir la
» grande moitié de votre cœur , et
» mon Henri et moi nous aurons
» l'autre , je ne demande, pas mieux
» Charles, que de vous loger de même
» dans le mien avec votre Sophie.
» — Je vous en conjure , Charles,
» ajouta-t-elle d'un ton plus sérieux,
» n'ayez et ne me donnez plus le ri-
» dicule de prononcer avec moi le
» mot d'amour ; songez que, dans
» deux ans peut-être, nous marierons
» nos enfans ; ce mot n'est plus à
» notre usage qu'en parlant d'eux ou
» bien d'Henry et de Sophie ; l'amour
» conjugal, l'amour paternel ont le
» privilège d'être de tous les âges et
» se succédent à celui qui n'a qu'une
» saison passée depuis long-tems pour
» nous. Qu'elle est forte et puissante
» la voix d'une femme quand elle

» parle le langage de la raison et de
» la vérité ! un jour nouveau pénétra
» dans mon cœur, je n'adorai plus
» Eléonore que comme on adore et
» la vertu et la sagesse , et je la
» quittai digne d'être ton ami et le
» sien.

   » J'emmenai Julien ; tu te rap-
» pelles les torrens de larmes de
» Sophia en prenant congé de nous.
» Comme elle aime ton fils ! me dis-
» tu avec joie ; tu ne te trompais pas,
» mais c'était la crainte de ne plus
» revoir Edouard qui l'agitait ; elle
» le nomma tout bas en m'embras-
» sant ; tais-toi, lui dis-je, tu le re-
» trouveras pour ne plus le quitter.
» Ce mot lui rendit toute sa gaîté.
» Nous allâmes, Julien et moi, droit
» à la ferme, je lui présentai Victor
» sans le lui nommer : voilà, lui dis-

» je , un bon jeune homme qui m'in-
» téresse ; vous allez vivre ensemble ,
» et je désire qu'il devienne ton ami :
» ils restèrent quelques tems immo-
» biles l'un devant l'autre , la plus
» vive émotion se peignit sur son
» visage , mais d'une manière diffé-
» rente. Julien avait pâli et parais-
» sait frappé d'une sorte de terreur ;
» Victor , au contraire , rougissait et
» ses yeux étincelaient de plaisir ; au
» bout de quelques minutes il ouvrit
» ses bras et se jeta au cou de Julien ,
» en lui faisant les plus tendres car-
» resses ; c'était sa manière avec ceux
» qui lui faisaient plaisir à voir , il
» suppléait ainsi au langage , et sans
» prononcer je vous aime, il le disait
» bien intelligiblement ; j'avais eu
» beaucoup de peine à lui faire com-
» prendre qu'il ne fallait pas s'expri-
» mer ainsi avec Sophia.

» Julien lui rendit son embrasse-
» ment et lui dit avec cordialité, je
» suis charmé de devenir votre cama-
» rade et je ne demande pas mieux
» que d'être votre ami ; voulez-vous
» être le mien ? Point de réponse ;
» dites-moi si je vous plais autant
» que vous me plaisez ; même silence.
» La physionomie du pauvre Victor
» s'obcurcissait, et des larmes com-
» mençaient à remplir ses yeux, ce
» qui lui arrivait toujours lorsqu'il
» voyait qu'on lui parlait, et qu'il
» ne pouvait ni entendre ni répondre,
» malgré les peines que Sophia et
» moi nous nous étions donnés pour
» lui faire comprendre le mouvement
» des lèvres, nous y avions échoué
» parce que nous n'avions pas la
» bonne méthode, Sophia était trop
» vive et pouvait à peine se faire

» comprendre bien plus vite avec les
» signes et les fleurs, elle préférait
» ce moyen.

» Julien le regardait avec surprise :
» mon père, il ne me répond pas et
» il pleure ; mon fils, il pleure de
» n'être pas comme toi, de ne pou-
» voir ni t'entendre ni te répondre,
» aimes-le beaucoup, car il est bien
» malheureux, il est sourd et muet.
» — Ah Dieu ! sourd et muet, com-
» me.., mon père, quel est son
» nom ? Son nom, Julien ? il s'ap-
» pelle Victor de C** et il est mon
» fils et ton frère. Ma phrase n'était
» pas achevée que Julien se jetant à
» son tour au col de Victor, et fon-
» dant en larmes, répétait le doux
» nom de frère, puis il venait m'em-
» brasser aussi et retournait à Victor,
» leurs pleurs et leurs baisers se con-

» fondaient et tu juges si j'y mêlais
» les miens. Quel moment Henry !
» un seul sera plus délicieux encore ,
» c'est celui où je dirai à Sophie ,
» voilà ton fils , où elle l'entendra
» lui donner le doux nom de mère.
» Je verrai mes deux fils dans mes
» bras en disant comme le grand
» Prêtre Joad dans Athalie : *Enfans,
ainsi toujours puissiez - vous être
unis.*

» Lorsque ce premier moment
» d'émotion fut passé, je fis com-
» prendre à Victor très - facilement
» quel genre de relation l'unissait à
» Julien, il me parut qu'il avait aussi
» des souvenirs confus à leur pre-
» mière enfance ; j'expliquai ensuite
» à Julien le miracle de résurrection
» auquel il avait cru sans le com-
» prendre, il me dit que le premier

» aspect de Victor l'avait singulière-
» ment frappé malgré tant d'années
» écoulées et là différence extrême
» entre un enfant de cinq ans, et un
» jeune homme de quinze; il avait
» senti que cette physionomie ne lui
» était pas étrangère, et parlait à
» son cœur et à sa mémoire ; et
» Victor avait eu le même instinct.

» Dès le lendemain nous nous
» mîmes en route pour Paris; avant
» le troisième jour les deux frères
» s'entendaient à merveille et s'ai-
» maient passionément. Je les pré-
» sentai à l'Abbé de l'Epée, en lui
» demandant la grace que mon fils
» aîné logeât chez lui avec son frère,
» et assistât à ses leçons : il com-
» prit trop bien l'avantage qui en ré-
» sulterait pour s'y refuser, et il les
» admit tout de suite au nombre de

» ses élèves; je les laissai heureux
» d'être ensemble; outre les leçons
» de l'Institut, très-intéressantes,
» même pour ceux qui parlent, ils en
» prirent au dehors beaucoup d'au-
» tres, l'équitation, les armes, le
» dessin. J'avais eu d'abord le projet
» de leur donner un Mentor; mais
» mon sage Julien n'en avait pas be-
» soin, et pouvait en servir à son
» frère, d'ailleurs je les quittais peu;
» auprès d'eux mon imagination se
» calmait, et mon cœur achevait de se
» guérir. Ces enfans si chers me rame-
» naient avec force à leur mère, et
» j'éprouvais que l'amour paternel
» peut devenir un sentiment tout
» aussi passionné que l'autre amour,
» et remplit bien plus la vie. Je pro-
» longeai donc mon séjour à Paris;
» je tenais à ne présenter Victor à sa

» mère, que lorsqu'il pourrait lui
» parler, et mon secret aurait été
» plus difficile à garder, à présent que
» j'avais toute l'émotion de l'espé-
» rance. Chaque jour la réalisait, je
» suivais assiduement les leçons de
» l'Abbé de l'Epée et les progrès de
» son élève ; bientôt je le vis tracer
» sur l'ardoise les questions métaphy-
» siques les plus compliquées, ou
» répondre avec clarté à celles de
» son maître. Quelque temps après
» j'eus le bonheur indicible de l'en-
» tendre articuler le nom de *père*, de
» *frère*, d'*ami*, et le nom double-
» ment chéri de *Sophie* ; enfin ses
» facultés se développèrent tellement,
» que nous conclûmes que nous pour-
» rions le présenter à sa mère. Il ne
» cessait de nous le demander, et
» certainement ce désir, sans cesse

» entretenu par Julien, et celui de
» retrouver sa jeune amie, ont beau-
» coup hâté ses progrès. — J'y con-
» sentis enfin, et je n'hésitai que sur
» la manière. Voulais-je aller vous
» joindre avec mes fils, ou vous en-
» gager à venir tous à Paris? Je pré-
» férai ce dernier parti qui laissait
» encore Victor avec son maître.
» J'allais t'écrire à ce sujet, lors-
» qu'une lettre de toi m'apprit à la
» fois la mort de mon excellente belle
» mère et la maladie de ma femme.
» Oh ! combien je sentis alors, que
» personne ne l'emporterait jamais
» sur elle dans mon cœur ! l'idée de la
» perdre bouleversa tout mon être,
» et sans me donner le tems de voir
» mes fils, à qui j'écrivis un mot à la
» hâte, je pris la poste et je courus
» jour et nuit. Tu sais le reste, Henri,

» Sophie, mon adorée Sophie, me
» fut rendue, et avec elle l'entière
» amitié de ta vertueuse Eléonore.
» Le jour où ma femme fut déclarée
» hors de danger, où nous étions tous
» dans le délire de la joie, Eléonore
» vint m'embrasser; Charles, me dit-
» elle, je vous dois la vie de Sophie,
» et tout est oublié; j'ai retrouvé à
» la fois et mon ami et mon amie,
» c'est elle qui m'apprit jadis que le
» vrai bonheur ne se trouve que sur
» la ligne du devoir, elle ne m'a pas
» trompé. Oh! Charles, le mari de
» Sophie et l'heureuse femme d'Henri
» auraient été bien plus coupables que
» d'autres, s'ils s'en étaient écartés.
» — Henri saura tout; lui dis-je, c'est
» vous dire que je suis digne d'être
» votre ami à tous les deux. Henri,
» voilà ta compagne; ne me pardon-

T. I.   11

» neras-tu pas une erreur qui t'a
» donné l'occasion de connaître toute
» la valeur du trésor que tu possèdes.

» Différens motifs, dont le plus fort
» était de laisser ma femme se ré-
» tablir, avant de lui donner une
» aussi forte émotion, m'engagèrent
» à renvoyer tous mes aveux jus-
» qu'au tems où vous seriez à Paris ;
» j'ai commencé cette immense lettre
» le jour de notre arrivée, et je
» vais la terminer en même-tems
» que la contrainte que je ne puis
» plus supporter ; j'ai voulu laisser à
» Sophie le tems de se remettre de
» la fatigue du voyage, et que l'in-
» térêt que devait lui inspirer Edouard
» la préparasse par degrés à retrouver
» Victor, mais je le sens, je ne sou-
» tiendrais pas une seconde entrevue
» entre la mère et le fils ; il faut le

» lui rendre en entier, et je me re-
» proche plus vivement les instans
» pendant lesquels je retarde son
» bonheur, que mes douze années
» de mystère. C'est par mon ordre
» que l'instituteur des aveugles lui
» a parlé des sourds et muets, elle
» veut les voir demain, elle y ira,
» conduite et présentée par ce fils
» perdu si long-tems pour elle, mais
» je te l'avoue le courage me manque
» pour le lui faire connaître moi-
» même, si elle allait me punir de
» lui en avoir imposé si long-tems!..
» Non, Henri, je ne puis supporter
» le courroux de Sophie, et je te
» conjure de.....» J'en étais là de
cette longue épître, quand Charles
entra dans ma chambre, accom-
pagné de ses deux fils et de ma fille
aînée. Il était très-ému, et je ne

l'étais pas moins, il plaça dans mes bras Victor et Sophia ! Je suis allé chercher, me dit-il, mon joli petit avocat , Sophia dis à ton papa de nous pardonner, car tu étais ma complice , « Sophia prit une de mes mains qu'elle serra sur son cœur , pardonne mon papa, » me disait-elle en embrassant Victor , aimes mon cher Edouard ! Si tu savais comme il est bon, depuis bien long-tems il est l'ami de ta Sophia , je ne croyais pas pouvoir l'aimer davantage , mais à présent qu'il est le fils de ma bonne marraine et de papa Charles, je l'aime cent fois plus encore. Aimons mon frère , me disait Julien , aimons le pour tout le tems que nous en avons été privés. Victor ne parlait pas, il était trop ému , mais il couvrait de baisers ma main et celle de Sophia qui

étaient toujours l'une dans l'autre.
Ah! mes enfans, m'écriai-je, en les
serrant tous trois dans mes bras,
aimez - vous toujours, comme vos
parens s'aiment, à la vie et à la
mort. » Victor me regardait fixe-
ment et saisi de cette dernière
phrase que j'avais prononcé fortement au mouvement des lèvres ;
à la vie et à la mort, répéta-t-il
lentement, mais avec beaucoup d'expression, son accent est lent, et
doux; le son de sa voix plein et
sonore, et dans le ton bas. Il ne
parle jamais qu'à demi-voix; ce qui
prévient ces détonations aigres qui
frappent désagréablement l'oreille,
aurait plustôt l'inconvénient de la
monotonie à laquelle on s'accou-
tume bientôt.

Il fut ensuite question de la ma-

nière de préparer Sophie à retrouver
son fils. Charles voulait en charger
Éléonore ou moi, Julien et Sophia
demandèrent la préférence ; nous
cédâmes à leur désir. Ils se concer-
tèrent avec Victor, et descendirent
auprès de leur mère. Charles les
suivait, pour être le témoin de ce
doux moment, mais il était incapa-
pable de prononcer une parole. Je
passai chez ma femme, il me tardait
de la revoir, de lui exprimer tout
ce que les aveux de Charles m'avoient
fait éprouver ; je m'assis à côté
d'elle, et en la pressant avec tendresse contre mon sein, je lui donnai
à lire la lettre de mon ami : Quoi
s'écria-t-elle, ce charmant Edouard
est le fils de Sophie, oh comme elle
va être heureuse ! son cœur l'avait
deviné : ce jeune homme l'intéres-

sait vivement, elle en était sans
cesse occupée, et m'a demandé plusieurs fois de lui dépeindre sa figure.
Ma femme rougit quand elle vint à
l'aveu qui la regardait. Il vous a
donc conté ses folies, me dit-elle
en souriant, les hommes sont bien
long-tems jeunes : quant à moi, je
n'ai nul mérite d'avoir conservé ma
raison et rappelé la sienne ; j'ai fait
pour lui ce que Sophie fit jadis pour
moi : c'est déjà trop, pour l'heureuse
compagne du meilleur des maris,
d'avoir un instant d'erreur à se reprocher, n'y pensons plus et que
Sophie l'ignore à jamais. Mon ami,
ajouta-t-elle avec grâce : *je ne suis
pas la rose, mais j'ai vécu près
d'elle.* J'allais lui répondre, lorsque nous entendîmes un cri dans
l'appartement de Sophie, dont nous

n'étions séparés que par le sallon
commun; deux minutes après Julien
entra tout éperdu; venez, venez,
nous criait-il, ma mère se meurt:
nous sentîmes alors que nous avions
eu tort de ne pas préparer par degrés
notre amie à un événement trop
étonnant, trop inattendu, pour ne
pas bouleverser toutes ses facultés.
Julien seul, avec son calme et sa
douceur, était ce qu'il fallait, mais
Sophia!.... Je ne pus savoir de Julien
les détails de la reconnaissance, et
je conclus de son silence même, que
ma petite étourdie, dans sa joie de
présenter son Victor, avait trop
brusqué ce moment. Nous courûmes,
glacés d'effroi, dans l'appartement de
Sophie. Elle était, sans aucune connaissance et pâle comme la mort,
dans les bras du pauvre Victor qui

l'inondait de ses larmes ; Charles,
dont tous les traits exprimaient le
désespoir, penché sur elle, lui frottait
les tempes d'une eau spiritueuse ;
Sophia, à genoux devant sa marraine,
répétait au milieu de ses sanglots,
je l'ai tuée, ah ! Dieu je l'ai tuée,
et confirma par là mes soupçons.
Eléonore courut au secours de
Charles dont la main tremblante
pouvait à peine tenir le flaçon; moi
je saisis le bras de Sophie avec un
extrême terreur, et frémissant de ne
trouver aucun signe de vie ; il était
glacé et j'eus beaucoup de peine à
sentir l'artère. J'y parvins cependant,
le poulx était très-faible, mais il
battait encore, et l'espoir rentra
dans mon cœur; Julien avait couru
chercher un chirurgien. Ils rentrè-
rent ensemble, on lui ouvrit la

reine ; et le retour de la respiration et une faible couleur sur les joues nous rassurèrent bientôt. Elle prononça quelques mots , Charles jeta un cri de joie : oh mon Charles, dit-elle alors , es-tu là, est-ce toi, si tu savais ce que j'ai songé ; j'avais retrouvé mon Victor, il me parlait, il m'entretenait. Sophie , ce n'est point un songe , il est là, tu ès dans ses bras , je te l'ai conservé et je te le rends pouvant te parler et t'entendre : « Ma mère ! bénissez votre » enfant ; » prononça Victor avec son accent lent et pur.....

Je m'arrête , il est des situations qu'on affaiblit trop en voulant les dépeindre, et celle-ci est au-dessus de mes moyens. En général, dans le cours de cette histoire , j'ai plus d'une fois éprouvé l'impossibilité de

faire parler Sophie, on ne dit que
les paroles, il faudrait y joindre le
timbre harmonieux de sa voix; son
sourire, son geste et peut-être même
ses yeux fermés à jamais qui donnent
à tout ce qu'elle dit un caractère si
touchant, si sublime; Homère était
aveugle aussi, il n'est pas facile de
traduire Homère.

Le calme se rétablit enfin au milieu
de nous, Sophie était intarrissable en
questions sur la vie de son fils; Charles
avait redouté son courroux, elle ne
lui exprimait que la plus tendre reconnaissance : cher ami, lui disäit-
elle, tu t'es réservé les tourmens,
les soins, l'inquiétude, pour ne me
laisser que le bonheur; Victor lui
donna lui-même plusieurs détails, et
dans ceux-là Sophia ne fut pas ou-
bliée, l'aimable petite nous avoua,

que, quoiqu'elle aimât beaucoup Julien, l'intéressant Victor avait son
cœur et sa préférence ; elle fut une
nouvelle preuve, combien on s'attache et par les soins qu'on donne, et
par la force du sentiment qu'on inspire ; celui de Julien avait le calme
de l'habitude, et de la franche amitié;
celui de Victor, tous les caractères
de la passion; il lui semblait impossible que son frère ne fut pas préféré,
et put lui céder Sophia ; elle et Julien
le rassurèrent; ce dernier fut son
interprète auprès de nous et nous
conjura de les unir pour la vie. Notre
fille nous le demanda aussi et leur
mariage fut arrêté pour l'époque où
leur éducation à tous les deux serait
terminée, et l'on peut se fier à l'a-
mour pour hâter leur progrès; Sophia
vient de passer une année entière

chez M' de L** son excellente institutrice ; elle a si bien mis le tems
à profit qu'elle peut à présent être
celle de tes jeunes sœurs, secondée
par Julien qui a repris le doux em-
ploi de leur précepteur. Nous ne
sommes pas sans espoir qu'il devienne
un jour notre fils ; ma sensible et
jolie Emma a toujours été sa favo-
rite ; leurs goûts et leurs caractères
se conviennent parfaitement, la bonne
Henriette dit qu'elle ne veut point
se marier pourvu que son Emma
épouse Julien et qu'elle ne les quitte
jamais ; elle leur prend une main à
chacun, les réunit sur son cœur, et
ni l'un ni l'autre ne la retire. Ce
cœur si bon, si aimant, appartiendra-
t-il toujours à l'amitié ? j'en doute
fort et je ne puis le désirer ; nous
sommes tous trop heureux par l'a-

mour et par l'hymen pour ne pas
vouloir le même bonheur à tous nos
enfans. — En attendant notre maison
est l'asile du bonheur et la réunion
des plus doux sentimens.

Victor passe des matinées chez
l'abbé de l'Epée et le reste du tems
avec nous; ses progrès sont étonnans, il comprend jusqu'au moindre
mot de sa mère et de son amie. Celle-
ci l'anime, l'électrise par sa gaîté et
sa vivacité; elle a développé chez lui
le talent de la poésie par des bouts
rimés qu'elle lui donnait à remplir;
il fait à présent avec facilité des vers
sur différens sujets que nous trou-
vons charmans, mais que nous ne
montrons encore à personne. Sophie
toujours chérie, toujours entourée,
nous assure qu'elle est trop heureuse
pour ce monde; et cependant de

nouveau bonheur, de nouveaux liens
l'attendent encore avec les enfans de
ses enfans., et le doux et respectable
titre de grand'mère sera pour elle
une nouvelle source de jouissance.
Elle est la preuve qu'il n'existe point
de privation pour qui sait les supporter, prendre l'esprit de sa situation, et ne s'arrêter qu'aux côtés
avantageux des choses; il y en a bien
peu qui n'en ayent et même l'aveuglement, les beaux yeux en ont aussi;
c'est le dernier des traits qui vieillit,
et ceux de mon Eléonore la rendent
encore belle; elle plait de plus par
l'originalité de son esprit, et la manière piquante dont elle défend les
singuliers systèmes; elle s'est accoutumée au séjour de Paris et à la
société d'hommes instruits et de femmes aimables qui se rassemblent sous

vent chez nous autour de l'intéressante aveugle; on cause, on lit, on
fait de la musique, on jouit si on le
désire et on revient le lendemain
avec plaisir. Charles se livre, dans
son cabinet ou avec des savans, à son
goût pour l'étude, s'occupe de l'é-
ducation de ses fils, et vient se dé-
lasser le soir avec nous; moi je jouis
du bonheur général et du mien en
particulier. Ami de Sophie, époux
d'Eléonore, père de la plus aimable
famille, je dis encore que le paradis
peut se trouver sur la terre, lorsqu'on aime, qu'on est aimé, et qu'on
réunit l'amour et la vertu.

Notre vie n'offre aucun événement
romanesque, mais elle a eu des momens d'un intérêt assez vif, assez
touchant pour espérer qu'on la lise
avec plaisir. Une aveugle telle que

notre Sophie ; un sourd - muet tel
que notre Victor ne sont pas com-
muns. — Je suis sûr au moins d'intéresser mes amis , mes enfans et les
infortunés privés de quelques - unes
de leurs facultés , et je n'en demande
pas davantage.

Fin du premier volume.

TABLE

DES NOUVELLES

contenues dans le premier volume.

Fin de la Table du premier volume.